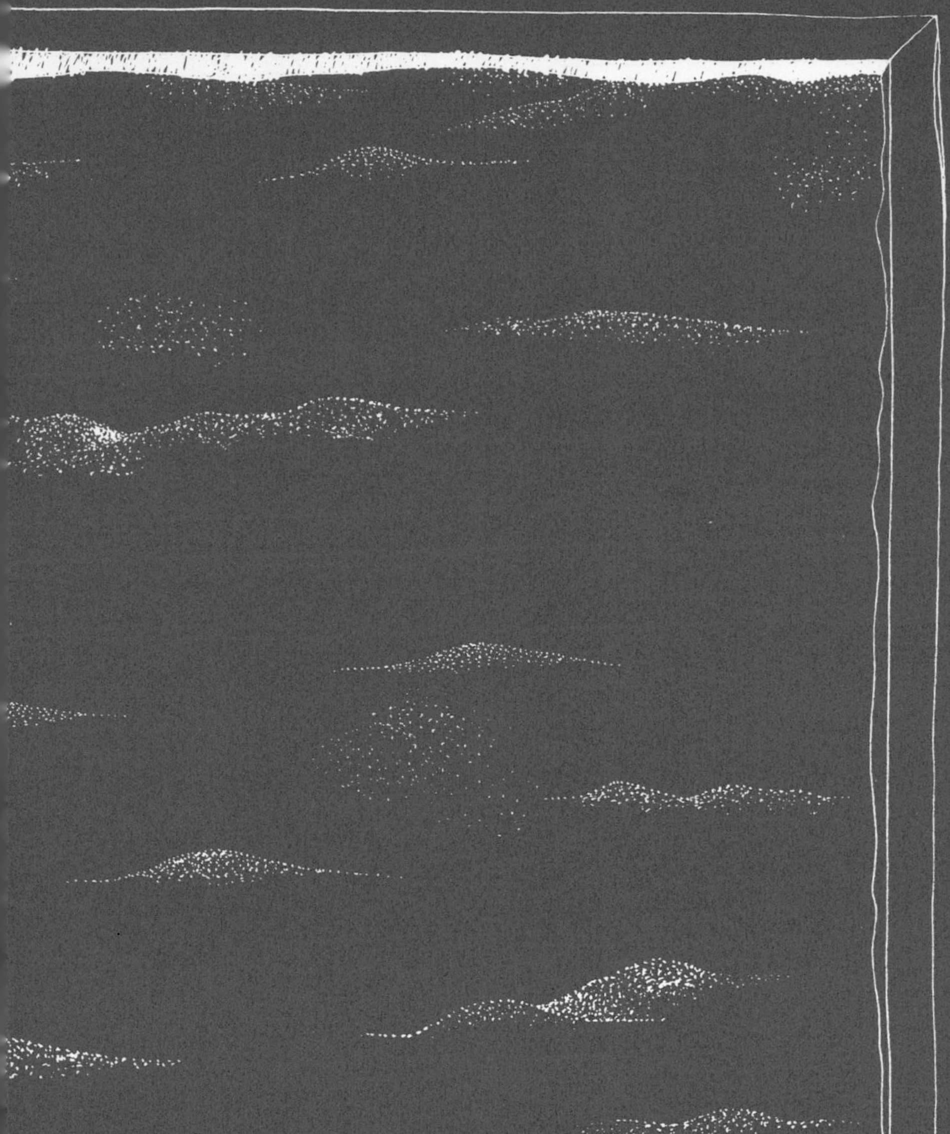

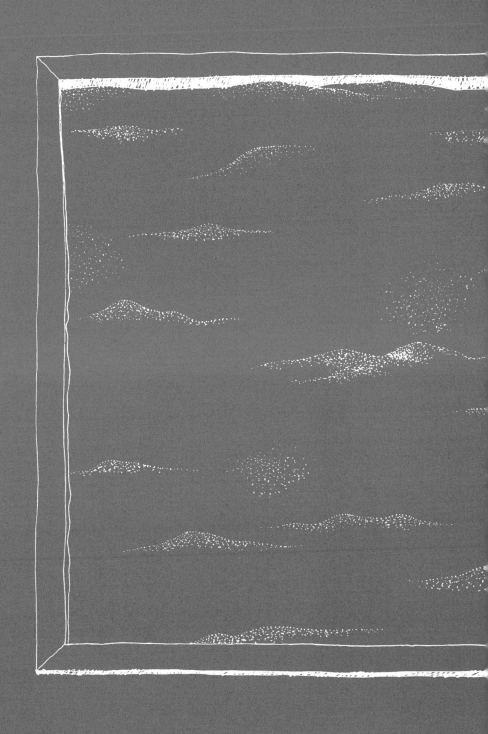

樂讀456 ——進階097

黑貓魯道夫1

魯道夫與可多樂

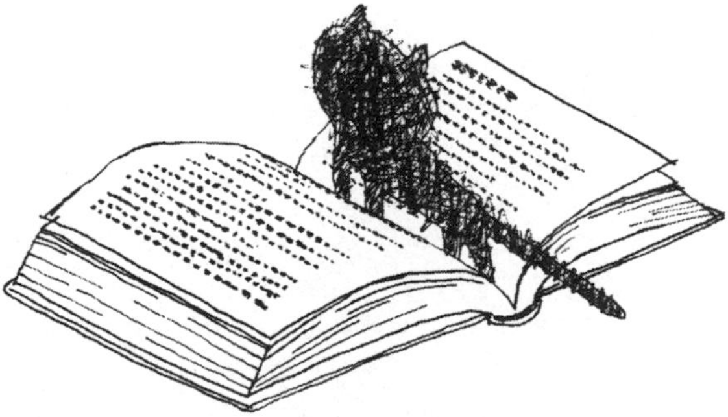

文 齊藤 洋　圖 杉浦範茂　譯 王蘊潔

目錄

序 4
1 踏上意外的旅程 8
2 前往大城市 15
3 可多樂 22
4 巫婆之家 34
5 我從哪裡來？ 46
6 知識與奶油燉肉 54
7 魚店和可多樂 63
8 邁向教養的第一步 71
9 牛奶和歪七扭八的月亮 77
10 米克斯的獨家大爆料 84
11 可多樂生氣了 102
12 可多樂的祕密 111
13 班級圖書櫃和有知識的貓 124

14 不知道的是笨蛋 132
15 虎斑貓和熊男 141
16 圖書館和人類的進步 154
17 熊窩 163
18 重大發現 170
19 期待和失望，再度燃起希望 178
20 隨風而來的海報 191
21 可多樂的辛酸往事 216
22 捷報 225
23 出發前的準備 234
24 暗算 243
25 出發的早晨 271
26 四十七武士 280
456 讀書會 297
後記 300

序

我叫「魯道夫」，住在日本，不是外國人，也不是日本人。既然不是外國人，也不是日本人，那到底是什麼人呢？怎麼可能有人既不是外國人，也不是日本人呢？世界上怎麼可能有這種人？你們一定覺得很奇怪吧！這是因為你們以為只有人才會寫字，所以才會覺得奇怪。其實，我根本就不是人啊！

什麼？外星人？才不是呢！雖然我不知道

這個世界上到底有沒有外星人，即使有，也不可能輕易遇到。如果走在街上，看到郵筒後面站了一個外星人，或是猛然一抬頭，看到屋頂上有一個外星人，誰都會嚇壞吧！如果看到穿著銀色太空服、腦袋大大的外星人在天空中飄來飄去，對我笑咪咪的，我一定會嚇得屁滾尿流。雖然偶爾嚇一嚇也挺有意思的，但我才不會這樣嚇你們。

話說回來，有時候我也會不小心嚇到你們。你們晚上走暗巷時，有沒有看過兩顆藍色的東西貼近地面發出亮光呢？那是我或我同伴的眼睛。我們並不是存心要嚇你們，而是因為

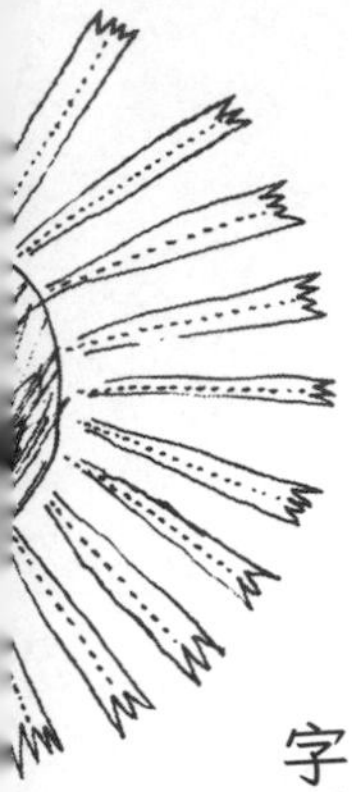

我們的眼睛在暗處會反射光線，發出藍色的光。

沒錯，我是貓。

你們是不是很納悶，貓怎麼可能會寫字？

你們一定覺得貓不可能會寫字。人類總是這樣，聽到任何新鮮事都要先保持懷疑。很久很久以前，有一個叫哥白尼的人說，不是太陽繞著地球轉，而是地球繞著太陽轉時，大家也不願意相信他，甚至有人聽了哈哈大笑，還有人怒氣沖天。

人類如果不學習，就不會讀書寫字，貓也一樣。而且，貓比人類更辛苦，人類學人類的字不是也很辛苦嗎？不要以為我不知道你們國

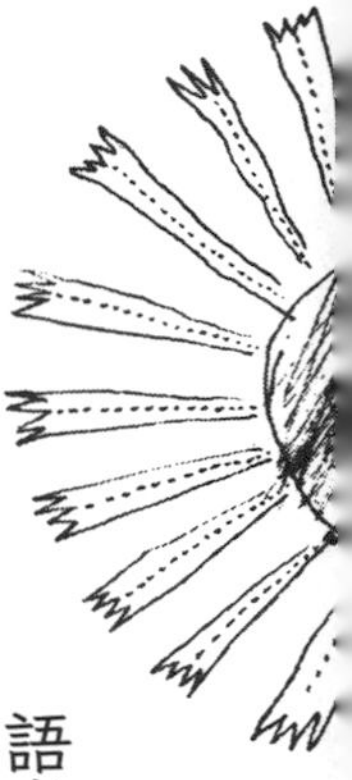

語考試考幾分。人類學人類的字本來就不輕鬆了，更何況貓要學人類的字，當然更辛苦。至於我為什麼會認字、寫字，只要繼續看我記錄下來的故事，你們自然就會知道了。我並不指望你們一下子就能完全了解，只希望你們記住一件事：我是名叫「魯道夫」的貓，會寫字。

再補充一點，我渾身都黑漆漆的，我是一隻黑貓。所以，記住嘍，我是黑貓魯道夫。

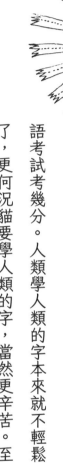

1

踏上意外的旅程

咻——

我察覺到危險的動靜，回頭一看，一顆像高爾夫球那麼大的石頭飛過我的頭頂。

慘了，被發現了！早知道應該偷了就跑，找一個沒人的地方好好享用，可是我肚子實在太餓了，忍不住當場大快朵頤起來，真是失策！現在只好叼著正準備好好品嚐的柳葉魚拔腿就跑。

「可惡，又來偷魚了。小偷！」

聲音從後方追了上來。

砰！第二顆石頭不知道打中了什麼，但比第一顆石頭離我更遠。剛才那顆真的超危險，不過，最危險的情況是，第一顆就丟到腳邊。當然，一旦被打中，就沒戲唱了，如果不小心被打中腦袋，搞不好會當場昏過去。話說回來，很少有人能夠一打就中。如果第一顆從頭頂上飛過，丟石頭的人知道太用力了，丟第二顆時會小力一點，所以，即使被打中了，也不至於受傷。但是，如果第一顆剛好丟到腳邊，丟第二顆時就會想丟得更遠一點，於是就更用力，這種時候最危險了。

反正只要有人丟石頭，跑得越快越好。絕對不能停下來想

「咦？怎麼回事？」而且，逃的時候不能沿著丟石頭的方向筆直跑，要一下子偏左，一下子偏右，絕對不能停下來，因為動的時候要比靜的時候難瞄準多了。我想，這點你們也懂吧！

跑！跑！右邊、左邊……

只要跑到人多擁擠的地方，就不會再有石頭飛過來了。

商店街的馬路並不寬，一到傍晚就會擠滿買菜的人，只要躲進哪個店家的圍籬，他就拿我沒轍了。我從魚店後門衝了出去，在商店街內狂奔。我超越好多條像蘿蔔一樣的腿，拚了

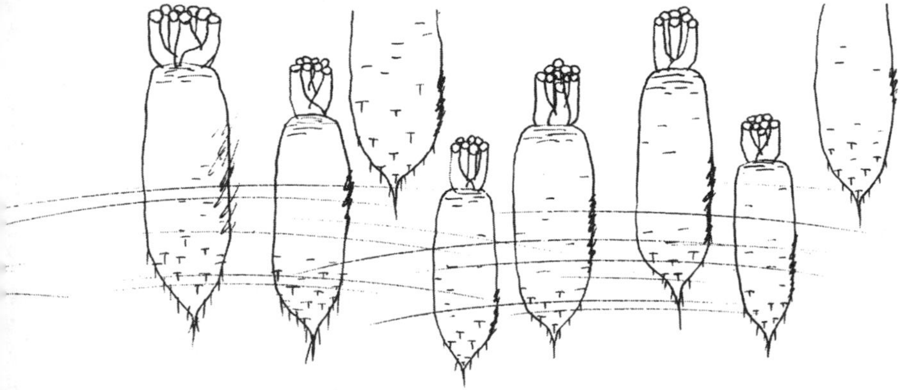

命的跑。

喔，這雙鞋子的鞋跟真細呀！如果不小心被踩到，我的腳恐怕會被戳出一個大洞。

魚店老闆平時丟一、兩顆石頭就作罷了，今天卻不肯罷休，一路追過來。現在生意這麼忙，哪有時間追貓呢？可見他有多討厭我。

只要轉過花店的角落，就會看見一個圍籬，鑽進圍籬後便有很多地方可以躲藏。雖然是別人家的院子，但對我們貓來說，院子沒有別人家和自家的差別，整個城市就像是我們的大院子。總之，我全速衝往花店的轉角處。

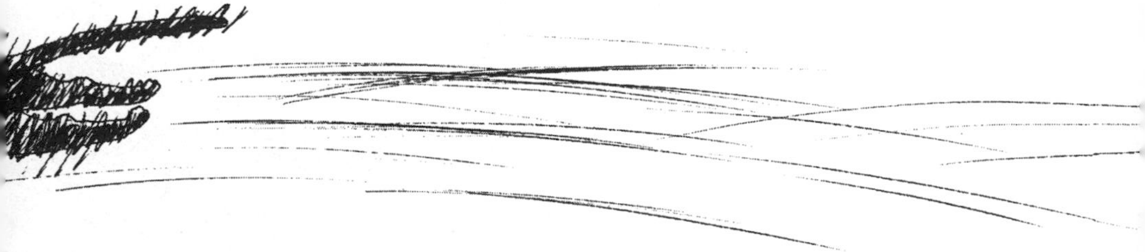

我差一點撞到花店門口的大水桶，急忙閃了過去，往右一轉。這下可以放心了，距離圍籬還有一、兩公尺。但是，怎麼會這樣？出現在我面前的，居然不是通往安全地帶的入口！我有好一陣子沒來這一帶，圍籬竟然變成了水泥圍牆！雖然從正面助跑，應該可以跳上圍牆，但現在根本來不及助跑。這條巷子直走是一條死胡同。

怎麼辦？要搏命賭一次，看能不能跳上圍牆？還是繼續沿著巷子逃，能跑多遠，就跑多遠？

這時，我身後傳來「哐噹！」一聲巨響。

「呃，好痛！」

回頭一看，魚店老闆倒在地上，渾身都溼透了。我猜他可能

被裝滿水的水桶絆倒了。

機會來了。我立刻轉身衝向趴倒在地的魚店老闆，老闆慌忙的想要站起來，我用力一跳，從他的頭上躍了過去，然後沿著原路往回跑。

他應該不會再追上來了。但是，我想得太美了。老闆站起來後，不顧長筒膠鞋裡灌了水，跑起來嘎吱嘎吱的響，一臉凶神惡煞，舉起花店旁的拖把又追了過來，似乎決心不抓到我絕不罷休。一旦被他抓到，後果不堪設想，一定要趕快找地方躲起來。

我抬頭一看，發現離魚店不遠的地方停了一輛有車篷的大貨車。司機打開駕駛座旁的門坐上車，正準備開走。車篷後方微微掀起一小塊，可以從那裡跳上車。我不顧一切的衝向貨車。魚店老闆舉著拖把，腳上的長筒膠鞋嘎吱嘎吱響著，嘴裡不知道鬼叫著什麼，噴著口水，一路追過來，不想讓我的計謀得逞。

離貨車還有三公尺。

噗噗噗嗯——引擎發動了。

還有兩公尺，貨車慢慢的前進。

跳！就在我跳上貨車載貨臺的那瞬間，後腦勺傳來「砰！」的一聲，接著，我便倒在載貨臺上。

我的眼前一片漆黑，只聽到一陣「嗡——」的聲音，分不清是貨車的引擎聲，還是我腦袋裡響起的聲音……

2

前往大城市

從遠處傳來「布嗚布嗚——」的聲音，既像是響了很久，又像是剛才突然響起的，到底是什麼？一開始很微弱，但漸漸的越來越大聲，好像就在耳邊響著。這個聲音終於把我吵醒，那是我搭的貨車行駛在路上所發出的聲音。

我昏昏沉沉，有點神智不清，試著伸了伸右前腿，接著是左前腿。然後，同時伸直兩條後腿。四肢都不痛，也都可以伸直，站起來應該沒問題。我挺起身體，後腿用力，讓自己站起來。雖然有點搖晃，但還是站了起來。周圍有點黑。

我用意識不清的腦袋努力回想，我猜一定是跳上貨車時，魚店老闆朝我丟來的拖把，剛好打中我的頭。

光線從載貨臺的角落灑進來，八成是從我跳上車的車篷縫隙灑進來的。貨車微微震動著，我搖搖晃晃的往亮光的方向走去。

我把臉貼近車篷的縫隙，車篷發出「啪嗒啪嗒」的聲音，風吹在臉上，貨車開得飛快。

我把頭探出去，頓時覺得張不開眼。外面天色很亮，好像已經是早晨了。這麼說，我已經昏睡整整一個晚上嘍？貨車開了一整晚嗎？果真如此的話，可能已經到了很遠、很遠的地方。

陌生的風景不斷向後移動，這裡的馬路真寬。咦，好像不太對勁，這和平時的馬路不太一樣，但是，到底哪裡不一樣呢？

我知道了，路上完全看不到人在走路，也沒有腳踏車，放眼望去都是汽車，而且，車子的速度都很快。我注意到這輛貨車一路上沒停過，也沒有遇到紅綠燈，太奇怪了。

正當我想著這些事情時，貨車放慢了速度，經過一個大門後停下來。我從車篷的縫隙探出頭，看到司機付錢給一個看起來像警衛的人。他在買什麼東西嗎？但是，那個警衛只遞出一張紙，並沒有拿什麼東西給他。我覺得他們有點莫名其妙。這時，貨車又開走了。

慘了！應該趁剛才停車時跳車的，不然現在跳下去，一定會受傷。不對！在這裡跳下去幹麼？我在這輛貨車上已經坐了大半天，現在急著跳下車有什麼幫助嗎？與其沒有搞清楚狀況就糊里糊塗的跳下去，還不如繼續坐在車上，好好看看這個城市。我下了決心，伸出長長的脖子探出車篷，觀察外面的情況。

貨車行駛在很高的地方，馬路下面是一個很大的城市，比我之前住的地方大很多很多。

我最喜歡從高處俯瞰城市。我以前住的城市，偏遠處有一座山，山上有纜車，當然也可以自己爬上山，只是有點辛苦。從我家，不，正確的說，是從我的主人家走到山麓的纜車站，差不多十五分鐘左右。那裡有一個小公園，我經常去那裡玩。雖然魚店老闆討厭我，但纜車站的大姐姐是我的好朋友。告訴你們一個祕密，纜車站的大姐姐就住在我家隔壁。每天早上，當我坐在家門口時，她總是摸著我的頭說：

「小魯，我去上班嘍！」

我很納悶，她每天早上都去哪裡呢？有一天早上，我一路跟蹤大姐姐，發現她在纜車站上班。那次也順便發現了小公園，之後，我就經常去那裡玩。

有一次，我去公園玩，正想抓水池裡的魚，背後突然傳來一個聲音。

「那不是小魯嗎？」

我嚇了一跳，回頭一看，大姐姐就站在我旁邊。我因為太專心抓魚，完全沒察覺有人走過來。原本以為會挨罵，沒想到大姐姐把我抱了起來。

「不要抓金魚了，我帶你去一個好地方。」

說完，她抱著我走向纜車站。

「今天沒什麼生意，我帶你坐纜車。」

纜車站沒有客人，但纜車還是要按時出發。大姐姐左手抱著我，右手關上了纜車門。紅色的纜車搖晃了一下，靜靜的出發了。我們一起到了山頂。

後來，大姐姐又帶我坐好幾次纜車。纜車上山以後，要等很長一段時間才會下山，大姐姐就在休息站休息。我會四處逛逛，爬上山頂的城堡，眺望整個城市。

所以，我很清楚以前住的城市有多大。從貨車上看到的城市，比我以前住的地方大太多了，根本無法比較。不管怎麼開，都看不到盡頭。我以前住的地方，站在山頂上，就能看到遠方的農田，這裡卻完全看不到任何田地。開了很久很久，都只看到房子和高樓。這裡到底是什麼地方呢？

不一會兒，貨車駛離了大路，開始慢慢走下坡道，然後來到有腳踏車、汽車和行人來來往往的街道。貨車時而停，時而開，有時右轉，有時左轉，最後終於駛進一個大停車場，熄了引擎。

我決定在這裡下車。

3

可多樂

看到司機走進一棟房子後，我打算從車篷的縫隙跳下車。這時，我踩到了某個東西。低頭一看，原來是我從魚店偷來的柳葉魚。我突然發現自己肚子餓極了，但是如果在車上吃，萬一司機走回來，搞不好又會把車開到另一個地方。我費了那麼大的工夫才偷到的柳葉魚，可不能糟蹋，我決定把柳葉魚叼在嘴上，找一個安靜的地方好好享用。

我從車篷探出頭，確定四下無人，便從貨車上跳了下來，一口氣穿越了停著好幾輛相同貨車的停車場，來到水泥圍牆前。我從圍牆破損的地方鑽了出去，發現那裡是一條小巷。要向左走，還是向右走？往右走，是剛才貨車一路駛來的地方。那就往左走！我立刻做了決定。

這時，我頭上響起一個聲音。

「喂，小伙子！坐車兜風完，要去散步了嗎？」

我忍不住抬起頭，發現有一隻很大的虎斑貓跳到我面前。他說話的聲音低沉而宏亮。

「小鬼，你膽子不小嘛！你以為可以這樣走過去嗎？」

通常遇到這種情況，不是迎戰就是逃之夭夭。但這隻虎斑貓應該是本地的貓，一定很熟悉附近的情況，即使我想逃走，也會被他抄近路抓到。如果向他迎戰，他的身體比我大兩倍，一旦撲過來，我根本贏不了他。

我猶豫不決，不發一語的看著虎斑貓的臉。

「我看到你突然鑽出來，就覺得不對勁，果然不是本地貓。況且，看到我還不拔腿就跑，更代表你是外來貓。」說著，他把臉湊到我面前。

「這是柳葉魚吧？那就留下來當作買路錢，老子今天就放你一馬。」

這條柳葉魚是我千里迢迢帶來的，如果他說自己餓得發慌，要我分一些給他吃，我也不會小氣，但用這種威脅的口氣向我勒索，我就不樂意了。沒想到被帶到這麼遠的地方，還被這麼大隻的虎斑貓威脅，今天真是倒楣透了！以後也會繼續這樣倒楣下去嗎？我放下嘴裡的柳葉魚，對他說：

「既然你那麼想要，就拿去吧！即使我說不給你，你也會用搶的。」

我快哭出來了。一方面是不甘心把柳葉魚白白送人，另一方面也覺得自己好窩囊。貓的世界裡沒有法律，必須學會保護自己。弱者只能忍受強者的欺壓，如果不希望受欺壓，就必須發揮智慧，隨時眼看四面，耳聽八方，在對方還沒有發現之前，先發現對方，就可以避免交戰，遠離危險。我跳下貨車時，只注意觀察周圍有沒有人類，卻沒注意到這隻虎斑貓。之前會被魚店老闆發現，也是因為我不夠小心。話說回來，為什麼這些傢伙總是喜歡欺侮弱者？我忍不住嘀咕：

「沒想到這麼大的城市也會有綠林大盜！不過，無論到哪裡，總會有欺凌弱者的惡霸。」

話才說出口，我就發現大事不妙。虎斑貓一定是聽到我剛才說的話了！逞口舌之快只會激怒對方，沒有半點好處。虎斑貓可能會大發雷霆，立刻向我撲過來。這裡不能久留，不如趁早溜之大吉。我決定離開這個是非之地。

才走了兩、三步，身後傳來一個聲音。

「喂，別走。」

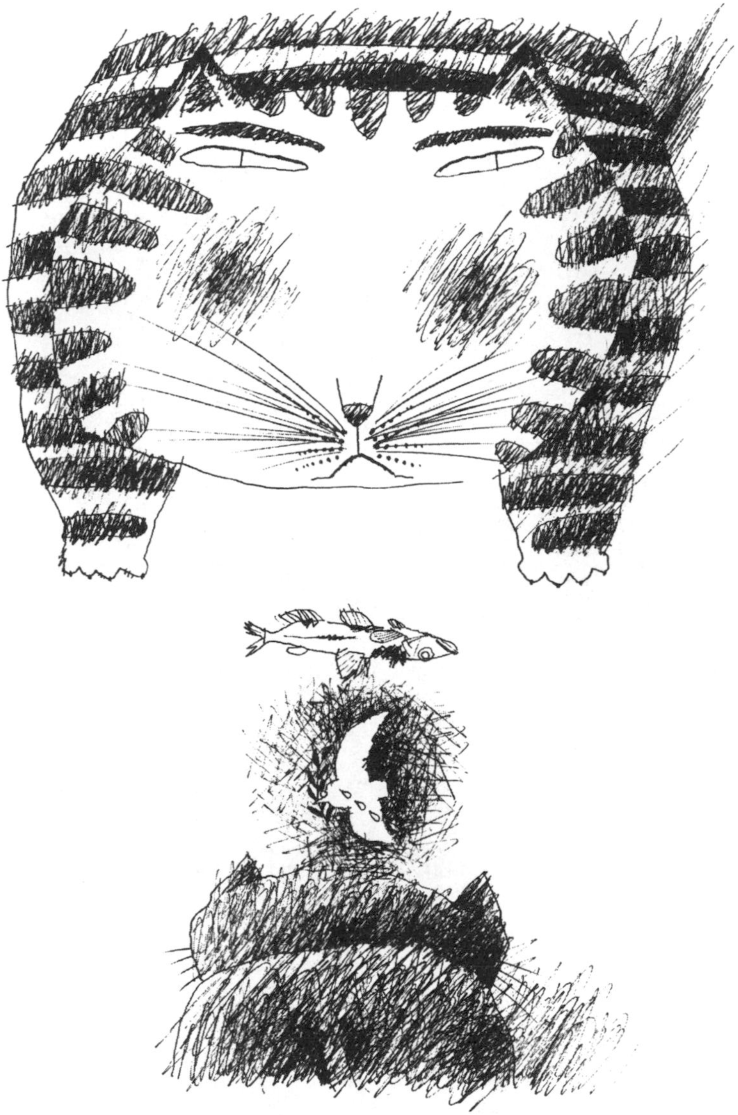

我不理會他，繼續往前走。

「我叫你等一下。」

絕對不能回頭。在我打算回頭的瞬間，虎斑貓就會縱身躍起；當我轉過頭時，他結實的前腳就會打在我的臉上。我必須再拉開一點距離，以防他撲過來。像他這種大塊頭，如果不助跑，最多只能撲兩公尺。我要再走幾步才能回頭，這樣他跳躍時，最多只能跳到我面前。而且，在回頭的時候，要做假動作，假裝微微往左偏，以防他突然出手攻擊。

貓在跳躍時，可以在半空中改變一次方向。當他看到我想往左偏時，也會在半空中跟著我向左偏。然後，我要馬上偏向右側，他也會跟著右偏。於是，他會在著地時失去平衡，在落地的同時跌倒，側腹重重的撞到地面。如果我的運氣夠好，他說不定還會扭到腳，我就可以趁機逃命。

「喂，老子叫你先別走！」

從音量判斷，我和他之間應該已經超過兩公尺。就是現在，我在回頭的同時，假裝將身體往左偏。

我以為他會撲過來，沒想到虎斑貓站在原地看著我。

「你在幹麼？還做假動作閃躲？哈哈！你以為我會撲過去嗎？你假裝往那裡偏，其實是想往相反的方向閃吧？老子才不會上你的當！」

我之前用這一招都很成功，沒想到這次居然被他看穿了。我覺得有點沒面子，只好用嚴肅的口氣說話，掩飾內心的難為情。

「怎樣啦？還有什麼事嗎？」

「喂，你等一下要去哪裡？」

「我去哪裡不關你的事，柳葉魚已經給你了，還想怎樣？」

「說話不要沒大沒小，你不怕老子嗎？」

「就是因為害怕，所以才把柳葉魚給你呀！你還不滿意嗎？」

虎斑貓把柳葉魚丟在一旁，慢條斯理的走了過來。像這樣慢慢靠近反而危險，等他走到我面前時，就會出手狠狠教訓我，到時候，我就無處可躲，只能認命了。當我正在思考時，虎斑貓已經走到我面前。完了！我把身體縮成一團，閉上眼睛。

「你不必這麼害怕。不過，這裡幾乎所有的貓一看到我就逃走，誰都不敢像你剛才那樣對我說話沒大沒小。我很欣賞你的膽識。老子和狗打架都沒有輸過，所以，就算收拾了你這個小不點，也沒什麼好神氣的。柳葉魚還給你吧！」

意外的發展反而讓我大吃一驚。這隻貓還真是目中無人，既然要還給我，一開始別向我勒索不就好了嗎？我發現他並不打算撲過來，所以有點生氣的說：

「我已經說要給你，柳葉魚就歸你了，不必還我！」

「喂，幹麼這麼生氣？你這小子真有意思，叫你給我時你有意見，現在要還給你，又說不要了，莫名其妙！」

「你才莫名其妙呢！你說要給你，我就給你了，現在又說不要了，莫名其妙！」

我在說「莫名其妙」時，故意學他說話的語氣。因為學得實在太像了，感覺有點滑稽，忍不住笑了起來。抬頭一看，發現虎斑貓也在笑。

「哈哈哈！你真莫名其妙，你叫什麼名字？」

「我叫魯道夫，那你叫什麼名字？」

「我嗎？我的名字可多了。」

「什麼？你叫『可多樂』？」

「不是，誰會叫『可多了』這種名字！不過，你要這麼叫也沒關係。總之，柳葉魚還給你，拿去吧！」

「可多樂叔叔，你還真頑固。我說過了，既然已經給你，就不必還給我。如果你不要，那我就丟在這裡嘍！」

虎斑貓可多樂聽我這麼說，想了一下。

「是嗎？既然你這麼說，柳葉魚我就收下了，但如果你到處宣揚我搶走了你這個小不點的柳葉魚，會讓我顏面盡失。真傷腦筋，老子原本只是想嚇唬你，你只要咬著柳葉魚逃走就沒事了。」

「你現在說這些也沒用，而且，我才不會四處宣揚你的事，就算想要宣揚，也不知道要找誰去說。現在我可以走了吧？」

「等一下嘛，我不能讓你就這麼走了，你陪我去一個地方。」

虎斑貓可多樂叼著柳葉魚大步走了起來。我在這裡人生地不熟，獨自亂晃也沒意思，這個可多樂看起來也不像壞蛋。我停在原地思考，可多樂回頭冷冷的說：

「跟我走！」

我決定跟他走。

4

巫婆之家

他還真是個大塊頭。看著可多樂在我面前搖晃的屁股，我深深感受到這一個事實。我還沒有長大，所以身體不夠大，公貓一旦長大，臉就會越來越大。有時候光看臉，會以為身體也很大，但其實沒有那麼大。可多樂的臉是普通貓的兩倍大，身體也大得嚇人。他身上的毛是偏灰的棕色，上面有一條條接近黑色的條紋。聽說有一種名叫老虎的動物是貓的朋友，我從來沒有見過。像可多樂那樣的貓叫虎斑貓，是指他身上的花紋和老虎一樣，而不是說他的身體像老虎一樣大。聽說老虎比很大的狗還要大，可多樂的身體沒那麼大。我很難想像比可多樂更大，比狗更大的老虎到底長什麼樣子。

我跟在他身後，想著這些事，他猛然回頭，我以為老虎突然出現在我面前，忍不住「哇！」的叫了一聲。

可多樂放下嘴裡的柳葉魚問：

「有什麼好嚇一跳的？」

「你突然回頭，我當然會被嚇到。到底怎麼了？」

「我在想，現在這個時間是不是太早了？」

「時間？什麼時間？」

「當然是我請你吃飯的時間。」

「你悶不吭聲的只顧往前走，我還在想，你到底要去哪裡。你真的要請我吃飯？」

「那當然！難道你以為我要帶你去海邊游泳嗎？」

其實，我早就飢腸轆轆了，不管是秋刀魚的尾巴，還是魷魚頭，我都不計較，只要趕快有東西填飽肚子就好，但如果露出一副貪吃相，恐怕會被可多樂看扁。

「你不必勉強請我吃飯，我可以自己去找食物。」

「那怎麼行？老子既然決定要請客，即使天塌下來也要請你，只不過現在還不到吃午餐的時間。這樣吧！我們先去其他地方轉轉。」

可多樂自己做了決定，叼起柳葉魚就繼續走。

他一會兒鑽過圍牆，一會兒穿越小巷，終於來到一棟破破爛爛的小房子前。這棟房子夾在水泥大樓中間，幾乎照不到太陽，好幾扇窗戶玻璃都破了，用膠帶黏起來。木門也搖搖欲墜，只要有人用力踹一下，那扇門恐怕就會掉下來。

誰住在這裡？我向後退了幾步，往窗戶張望，發現雖然是大白天，屋裡卻開著燈，還掛著看起來髒髒的窗簾，看不清楚裡面的情況。應該有人住在裡面吧？可多樂來這種地方幹什麼？

可多樂走到破破爛爛的木門前，把前腳放在門上。

嘎哩嘎哩，咕哩咕哩，嘎哩嘎哩，咕哩咕哩。

門上的玻璃震動起來，發出「劈哩劈哩」的聲音。

嘎哩咕哩，劈哩劈哩，嘎哩咕哩，劈哩劈哩。

沒有人出來開門。

嘎哩咕哩，劈哩劈哩。

難道他打算在請我吃飯之前，先來這種好像鬼屋的房子探險嗎？還是說，這裡是可多樂的家？

無論怎麼抓門都沒有人出來，可多樂只好大叫起來。

「喵嗚，喵嗚……」

可多樂發出叫聲時，仍然不停的用爪子抓門。抓門的聲音、玻璃震動的聲音和叫聲混在一起，聽起來很嚇人。

嘎哩咕哩，劈哩劈哩，喵嗚。喵嗚，嘎哩咕哩，劈哩劈哩。

嘎哩咕哩，劈哩劈哩，喵嗚……

門突然打開了。由於太突然，可多樂差一點跟門一起被推出去。昏暗的屋內走出一個駝著背、滿臉都是皺紋的老婆婆，頭上還綁著布巾，看起來就像巫婆。

「是誰在門口吵吵鬧鬧的？」老婆婆用嘶啞的聲音問，瞪著雙眼東張西望。

哇，果然是巫婆！她手上拿著掃帚，是打算騎掃帚飛上天？怎麼會這樣？原來可多樂是巫婆的手下，如果我繼續留在這裡，也會變成她的手下。就算不收我

當她的手下，也會用鍋子把我煮來吃吧？原本以為他要請我吃飯，沒想到他們打算把我吃了！一定會把我和馬鈴薯一起煮成貓咖哩！我討厭馬鈴薯，更討厭被煮成咖哩飯。我餓昏了，再加上實在太害怕了，一下子四肢發軟，癱在地上。

「喔喲，原來是阿虎，你好久沒來了！」巫婆蹲下來摸摸可多樂的頭。

什麼？阿虎？哇，可多樂真的是老虎？難怪剛才看起來那麼大隻，原來真的是老虎！一定是老巫婆把他變成貓，以免被別人發現。等一下老巫婆一唸咒語，可多樂的身體就會越來越大。雖然剛才他大聲的「喵嗚、喵嗚」叫著，等一下攻擊我的時候就會變成老虎，發出「吼──吼──」的聲音了。

「咦？阿虎，你還帶禮物來送我嗎？你真是一隻可愛的貓，那我就收下了。」

老巫婆撿起可多樂腳邊的柳葉魚，她一定是打算拿來煮咖哩的高湯。

可多樂被老巫婆摸頭時，發出「喵嗚嗚」的撒嬌聲。

我嚇得腿軟，只能眼睜睜等他的「喵嗚嗚」變成「吼——吼——」然後腿變得像樹幹一樣粗……這時，老巫婆終於發現我。

「喔喲，阿虎，你今天還帶朋友來，真傷腦筋。」

傷什麼腦筋？我才傷腦筋呢！我很想說些什麼，求她饒我一命之類的，卻害怕得說不出話。

「真的太傷腦筋了，今天沒有東西可以請你吃，現在還沒有到吃午飯的時間。」

唉，我很快就要和馬鈴薯、胡蘿蔔一起煮成咖哩飯，變成老巫婆和阿虎的午餐了。

「這樣好了，你們等我一下。」

老巫婆走回昏暗的房子，木門發出「吱吱嘎嘎」的聲音，然後「砰！」的一聲關上了。

想逃就要趁現在，但我已經腿軟了，後腿完全站不起來。事到如今，只能用兩條前腿爬著逃出去。這時，可多樂用腳壓住了我的尾巴。

「喂，你要去哪裡？」

他力大無比，難道他已經變成老虎了嗎？正當我閃過這個念頭時，門又「吱吱嘎嘎」的打開了。

我聽到老巫婆的聲音。

「今天只有這個，沒關係吧？」

我早就閉上了眼睛，根本不知道巫婆拿出什麼東西。我猜想她一定是收好掃帚，帶著斧頭或是鋸子走出來，準備砍我的頭，把我煮成咖哩飯。

「那我就開動嘍！」

我聽到可多樂的聲音。

「我忙得很，你要吃快點。」老巫婆對可多樂說。

這時，可多樂鬆開了壓住我尾巴的腳。剛才我拚命想要逃，這會兒他突然鬆開我的尾巴，害我一下子往前衝，差一點撞到地上。我順勢回頭一看，發現老巫婆手上不知道拿著什麼東西餵可多樂，而可多樂還是可多樂，並沒有變成老虎。

老巫婆轉頭看著我，對我伸出另一隻手。

「你也有份，阿虎第一次帶朋友上門呢！你的毛真漂亮，看來不是流浪貓。你是不是寵物貓？吃完以後，就趕快回家吧！」

我戰戰兢兢的往老巫婆的手中一看，原來是小魚乾。

好香喔！是真正的小魚乾。一尾、兩尾、三尾、四尾，總共五尾。我轉頭看向可多樂，他把臉埋進老巫婆的手掌，吃得津津有味。我也伸出舌頭舔了一下味道，果真是小魚乾。我前一刻還嚇得魂不附體，現在突然食慾大振，吃著老巫婆手上的小魚乾。

太好吃了，好吃極了。我一下子就把五尾小魚乾吃得精光。

我抬起頭時，可多樂早就吃完了，伸長舌頭舔著嘴巴周圍。

老巫婆站了起來，拍了拍手。

「好了，你們走吧、走吧！我忙得很，正在打掃呢！沒時間陪你們玩。」

說完，她就走回家裡，「砰！」的一聲把門關上了。

可多樂站起來對我說：

「我們再去下一家。」

我連忙站了起來。

5

我從哪裡來？

「可多樂叔叔，我很高興你請我吃飯，但是剛才真的把我嚇死了，沒想到你是巫婆的手下。」

「你說誰是手下？該不會是說我吧？你聽好，老子既不是巫婆的手下，也不是任何一個人的手下！」

可多樂聽到「手下」這個字眼似乎不太高興，狠狠的瞪著我。我急忙結結巴巴的說：

「但剛才那個老婆婆不是巫婆嗎？」

「你說的巫婆，是騎掃帚在天上飛的巫婆吧？你在想什麼？你以為真的有巫婆嗎？」

「剛才看到那個老婆婆之前，我也不認為有巫婆，但那個老婆婆絕對是巫婆！」我有點生氣的說。

可多樂停下腳步，目不轉睛的看著我。不一會兒，他突然捧腹大笑起來。

「喔哈哈！哇哈哈！喵哈哈哈！巫婆？你說巫婆？你說那個老婆婆是巫婆？喔哈哈！喵哈哈！哇哈哈！喵喔哈哈！」

他笑得停不下來，站都站不穩的笑倒在路旁。

「喵哈哈！我好久沒有這樣狂笑了。喵哈哈！我懂了，她看起來的確很像巫婆，而且，巫婆都喜歡找貓啊、蝙蝠啊，或是蛇之類的當手下。你太有意思了！但是，嗯，我忘了你叫什麼名字……不是馬道，嗯，也不是努道，你叫什麼來著？」

「魯道，我叫魯道夫。」

「對，對，我想起來了。喂，我說小魯啊，東京沒有巫婆。你以前住的地方還看得到巫婆嗎？對了，說到這個，你到底是從哪裡來的？」

我越來越糊塗了，那個老婆婆不是巫婆嗎？可多樂剛才提到東京，東京又是什麼？我一臉納悶，可多樂自顧自的解釋起來。

「你以前住的地方可能有巫婆，但那個老婆婆不是巫婆，所以呢，我也不是巫婆的手下。在東京，有很多像她一樣的獨居老人。只要上門找那種老婆婆玩，她們都很親切。而且，我告訴你，你知道是誰幫老婆婆抓到她家那隻作惡多端的大老鼠嗎？不是別人，正是老子我！我每次上門，老婆婆至少會賞我幾條魚乾。對了，你到底從哪裡來的？你說你住的地方有巫婆，應該是鄉下地方吧！叫什麼來著？」

「嗯，是三丁目，但那裡也沒有巫婆。」

「三丁目？鐵軌對面就是三丁目，我有時候也會去那裡轉一轉，從來沒有看過你。看來，應該不是這個城市的三丁目。到底是哪裡的三丁目？」

我不知道他想問什麼，我以前住的地方就是三丁目。這裡不是我以前住的地方，附近怎麼可能有三丁目？

可多樂看我滿臉狐疑的表情，便對我說：

「我知道你住在三丁目，問題是哪裡的三丁目？光說三丁目怎麼知道是哪裡？日本全國的三丁目多的不得了。而且，你為什麼會來這裡？我剛才看你從貨車上下來，一定是從很遠的地方來的吧？」

我雖然不太理解可多樂說的話，但覺得應該要告訴他，我怎麼會來到這裡。於是，就把昨天到今天發生的事說了出來。因為被魚店老闆追著跑，就逃到貨車上，等我醒過來時，就來到這個城市了。

可多樂不發一語，靜靜的聽我說，在我說完之後，他沉默片刻，仔細打量我的臉，露出同情的眼神，然後嘆了一口氣說：

「喂，魯道夫，你打算回家嗎？」

「當然想啊。」

「是嗎？這麼說可能有點殘忍，但是你可能回不了家了。因為你好像是從很遠很遠的地方來到這裡，而且，你連自己家的地名也不知道。到處都有三丁目，必須知道你是住在哪個縣、哪個市，但你又不知道地名。」

走在路上的時候，可多樂告訴我，我們住的這個國家叫日本，日本有很多叫什麼縣以及什麼府的地方。

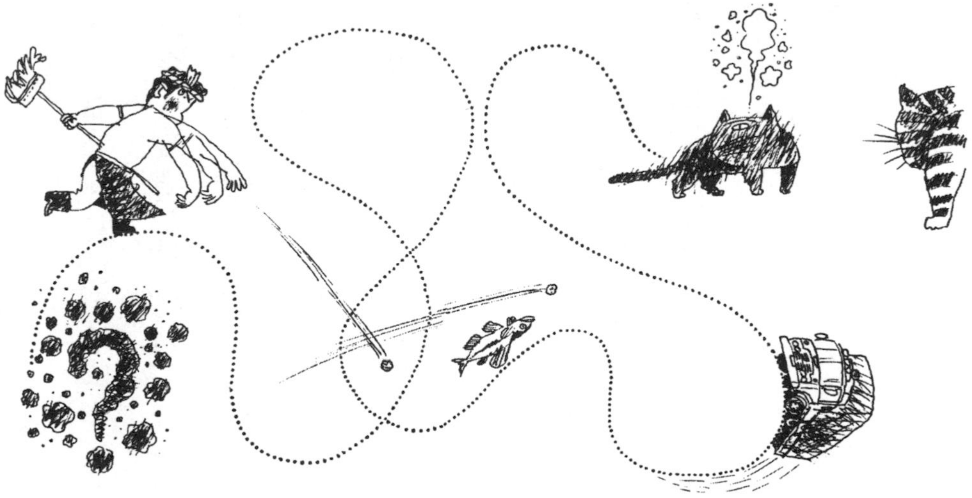

我們在的這裡是一個叫「東京都」的地方，而且是江戶川區，位在東京東部的角落。我以前住的地方也有地名，應該是什麼縣、什麼市的什麼三丁目，只是我完全不知道那些什麼到底是什麼。

「既然你完全說不上來，即使再怎麼想回家，恐怕也回不去了，真傷腦筋。話說回來，你坐了半天的貨車才到這裡，即使你記住了地名，離這裡那麼遠，也很難回去了。」

說完，可多樂沉默下來，我也不知道該怎麼辦才好。我的主人理惠，對了對了，忘了介紹，我的主人是一個小學五年級的女生，名叫理惠。理惠和纜車的大姐姐應該都很擔心我，想到這裡，我突然覺得難過起來，眼淚撲簌簌的流了下來。

「你哭也沒有用。沒關係，既然你遇到我，也算是一種緣分。你先暫時跟著我，我會照顧你，也許很快就會想到辦法。咦？說著說著就快到了，就是這裡，就是這裡！我要好好請你吃一頓大餐，這次可不是只有五尾小魚乾，我要請你吃加了很多肉的奶油燉肉，會讓你吃到撐死。好了，別哭了，今天是吃奶油燉肉的日子。」

我抬起流著淚的眼睛，發現我們來到一所小學的大門口。

6

知識與奶油燉肉

我們沿著操場旁的樹叢，悄悄繞到校舍後方。低年級的學生正在操場上做體操。

來到 L 形校舍後方一個直角的位置時，我的憂鬱馬上煙消雲散了。雖然我才剛吃了小魚乾，但一股難以形容的香噴噴味道飄了過來，再度刺激我的食慾。是奶油燉肉。

我最喜歡奶油燉肉濃稠的醬汁，平時在家的時候，只要晚餐是奶油燉肉，理惠的媽媽就會特地裝一份在我的碗裡。她知道我不愛吃蔬菜，所以只放肉，完全不放馬鈴薯和胡蘿蔔。有時候媽媽不小心放了一塊胡蘿蔔，我就會只把胡蘿蔔周圍的奶油燉肉湯汁舔乾淨。

理惠和她的爸爸媽媽吃飯時，我就在桌子底下吃屬於我的那份。理惠也討厭吃胡蘿蔔，但如果她放著不吃，就會挨媽媽的罵，所以，她都趁別人不注意的時候，偷偷把胡蘿蔔放進我的碗裡，別人就會以為是我吃剩的，不過有時候會被媽媽發現。

「理惠，不可以挑食，你要自己吃完，小魯不吃胡蘿蔔。」

這種時候，理惠總是一臉羨慕的看著我說：

「當貓真好，即使挑食也不會挨罵。」

理惠在其他事情上也常常羨慕我。傍晚做功課時，她會說：

「當貓真好，都不用做功課。」

早晨的時候也會說：

「當貓真好，都不用去學校上課。」

我以為上學很無趣，結果有一次我早上偷偷跟蹤理惠，看到理惠和同學聊得很開心，根本就不會無趣。真搞不懂她為什麼還要羨慕我呢？

上次我跟蹤理惠時，很快就回家了，沒想到來學校還可以吃奶油燉肉。為什麼理惠有時候不想上學？我越來越搞不懂了。

我和可多樂走向飄來奶油燉肉香味的地方，校舍後方有一條走廊，通往一棟小房子。那棟房子的窗戶敞開著，兩名大嬸看到我們了。當我們走近時，聽到她們說話的聲音。

「你看，那隻貓又來了。每次吃奶油燉肉的日子，牠就會出現。」

「那隻貓怎麼會知道今天吃奶油燉肉？」

「太不可思議了。」

她們似乎在討論可多樂。我們走到窗戶下，一名比較瘦的大嬸對我們說：

「老大，繞去後面吧！」

這時，一旁的胖大嬸發現了我。

「咦？他今天還帶了一個奇怪的小不點，喔喲，渾身黑不溜丟的，是黑貓。真討厭，真不吉利！」

這個大嬸真沒禮貌。

有些人覺得我這種黑貓很不吉利，所以討厭我，我也搞不清楚為什麼，之前也有人對我說過同樣的話。難道因為黑貓是黑色的，所以才不吉利嗎？我沒聽人說過小花貓不吉利，所以我想，黑貓不是因為是貓，而是因為渾身都是黑色，那些人才覺得不吉利。那是不是所有黑色的東西都不吉利？好像也不是。很多汽車都是黑色的，男人幾乎都穿黑色的鞋子，而且，人的頭髮不也是黑色的嗎？那個說我不吉利的胖大嬸，她自己的頭髮不也是烏溜溜的嗎？如果她說我不吉利，那她每次照鏡子，都會一直說「不吉利，真不吉利」嗎？又不是我想當黑貓才變成黑貓，而且我對身為黑貓感到自豪。

那個瘦大嬸可能是發現我有點生氣，立刻替我解圍說：

「黑貓有什麼關係？你不覺得仔細看，他還滿可愛的嗎？來，小黑，小黑，小不點，過來這裡。」

我當然很高興她稱讚我可愛，但我有名字，叫魯道夫，要用我的名字叫我。不過，我們剛認識，她可能還不知道我的名字，所以不必跟她太計較。

「既然你這麼說就算了，但我還是很討厭黑貓。」

胖大嬸仍然耿耿於懷，我狠狠瞪了她一眼。可多樂對我說：

「別理她，隨便她說什麼，說黑貓不吉利都是迷信。這年頭還相信這種事，代表她沒知識。那個胖大嬸每次都會說這種沒營養的話，但人還不壞啦！」

我不了解「沒知識」是什麼意思，於是開口問：

「沒知識是什麼意思？」

「不知道這種事，就是沒知識啊！不知道自己以前住的地方是哪裡，也是沒知識。」

我還是搞不懂沒知識是什麼意思，但有點生氣可多樂把我和那個胖大嬸歸為同一類。

「別生氣，有什麼關係嘛！江戶人都很毒舌。」

我又聽不懂江戶人是什麼意思了，但如果再問，又要被說是沒知識，所以我把話吞了回去。

「我們繞去後面，這裡是廚房，即使生再多的氣，也不能填飽肚子。」

我聽從可多樂的話，跟在他的身後。當我們來到後門時，剛才的瘦大嬸已經把奶油燉肉倒進塑膠盤內等我們。大嬸把盤子放在地上，自己也蹲了下來。

「老大，我不知道你有朋友。這裡是雙份的，你們吃的時候不要打架喔！」

奶油燉肉雖然看起來令人垂涎，盤子卻很髒，但這不是在自己家裡，只能將就了。我們把頭伸進盤子，呼嚕呼嚕吸著湯汁，啊姆啊姆咬著肉。奶油燉肉真是百吃不厭啊！即使沒知識，奶油燉肉的味道依然沒變。

7

魚店和可多樂

我在東京的生活就這樣拉開了序幕。第一個星期，我和可多樂形影不離。只要跟著他，無論去哪裡都有吃有喝，大部分都是人類的殘羹剩飯，有時候也可以吃到小魚乾或是柴魚粉。除了學校廚房，或是像巫婆的老婆婆家以外，可多樂在很多人家也都吃得開。他還認識派出所的員警，員警都會把便當分給他吃。

有一次，我被他的舉動嚇到了。那是我到東京的第三個晚上，我們在街上晃了一整天，已經累壞了。可多樂帶我到處參觀，希望我趕快認識附近的環境。

我們經過商店街時，很多店家都準備打烊了，可多樂問我：

「喂，小魯，你之前不是差一點被魚店老闆痛揍一頓嗎？」

「對啊，我最喜歡吃魚，但最討厭魚店老闆。我住的地方有兩家魚店，兩家店的老闆都把我當成眼中釘，只要我經過他們的店門口，就會拿東西丟我，所以我都會繞道走。」

「是嗎？那這裡的魚店老闆看到我們，也會丟石頭嘍？」

我不明白可多樂為什麼要明知故問，我看著他，他卻一臉笑嘻嘻的。

「那還用問嗎？這是理所當然的啊！」

「不試一下，怎麼知道是不是理所當然？我們等一下從那家魚店門口走過去，你覺得怎麼樣？」

如果要去偷魚也就罷了，沒事為什麼要走去魚店門口，簡直莫名其妙。

「別去啦！」

我還來不及阻止，可多樂已經走向魚店。

「等、等一下啦，不要過去，你別鬧了。」我一邊叫著，一邊去追他。

可多樂不理會我，一個勁的往前走。隔壁的隔壁的隔壁就是魚店了，可多樂似乎真的打算過去。

一個穿著長筒膠鞋的男人拿著長柄刷，正在刷磁磚地板，他還沒有發現我們。可多樂越走越近，啊，他已經走到魚店門口了。我沒有跟過去，只站在隔壁蔬果店門口觀望。

可多樂坐在魚店門口，魚店老闆哼著歌，背對著他刷地板。只要老闆一回頭就完蛋了。可多樂站得那麼近，如果老闆用長柄刷打他，他根本躲不過。

老闆一步一步後退，認真刷著地板，和可多樂之間的距離也越來越近，已經剩下不到一公尺了，我差一點大叫：「危險！」

就在這時，可多樂大叫一聲：「喵嗚！」

完了！他自己叫出聲音，一定會被老闆發現。魚店老闆轉過頭的同時，我閉上了眼睛。老闆一定會罵他：

「可惡！你這個小偷，怎麼又來了！」

這種情況我見多了。

沒想到，老闆非但沒有罵他，還輕聲細語的對他說：

「喔喲，大胖，嚇我一跳。你不要坐在這裡，讓開一下，我還沒忙完呢！」

我傻住了。這是怎麼回事？可多樂又不是魚店養的貓，怎麼可能有這種事？

可多樂走到角落，向我使了一個眼色。我戰戰兢兢的走到可多樂身旁，現在還不能大意。

「到底是怎麼回事？」我小聲問他。

「你也看到是怎麼一回事了，根本沒有東西丟過來呀！」

我們一起坐在魚店門口，接下來會發生什麼事？魚店老闆仍然哼著歌刷地板。

「我們快走吧！」我小聲的對可多樂說。

這時，我聽到魚店老闆說：

「好，忙完了，終於忙完了，好了。」

魚店老闆回頭看著我們。

「喔喲，大胖，這是你的小孩嗎？但怎麼和你一點都不像，渾身烏漆抹黑的。算了，沒關係，你也等我一下。」

他以為我是可多樂的小孩嗎？魚店老闆說完，就走回店裡。

老闆看起來很年輕，不到一分鐘，他又走了回來，手上還拿著兩尾竹筴魚。

「這兩尾魚放到明天就不新鮮了，我店裡只賣新鮮的魚，這兩尾魚送你們，帶回家吃吧！」

魚店老闆，不，他人這麼好，不能叫他魚店老闆，要叫他魚店大哥哥。魚店大哥哥說完這句話，就把兩尾魚丟給我們。

可多樂用可愛的聲音叫了一聲：

「喵嗚。」

我輸人不輸陣，發出更可愛的叫聲：

「喵嗚嗚。」

魚店大哥哥說：

「好了，好了，趕快帶著魚回家，快回家吧！我要打烊了。小心，我要把鐵門拉下來嘍。」

說完，他真的開始拉下鐵門。好不容易拿到一尾竹筴魚，如果被鐵門壓扁就得不償失了，我們立刻叼著竹筴魚離開。

沒想到可多樂和魚店大哥哥也有交情。

8

邁向教養的第一步

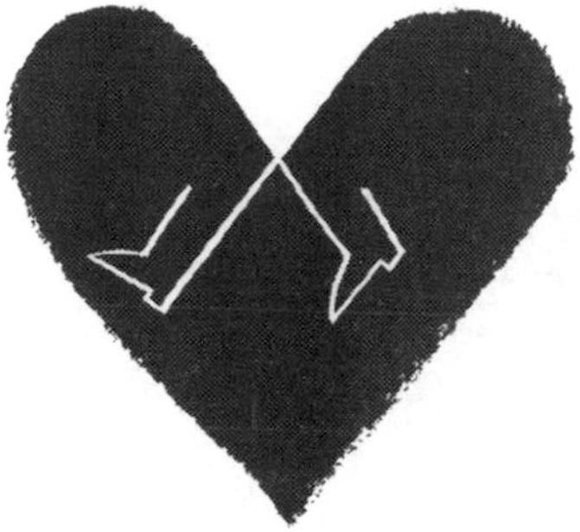

晚上的時候，我們睡在神社的地板下方。我們經常在睡覺前聊天，我和可多樂聊起以前住的地方、理惠和纜車大姐的事，還有在山上看到的風景。雖然每次想起來，都有點難過，但我很想家，所以很想和可多樂聊一聊。可多樂很少談自己的事，有一天晚上，我終於問了他一件我始終不明白的事。

「為什麼人類都用各種不同的名字叫你？」

「小魯，那我問你，魯道夫這個名字是你自己取的嗎？」

「不，是我的主人理惠的爸爸取的，他說是七百年前皇帝的名字，很帥吧？」

「皇帝的名字？喔喔，那應該是指哈布斯堡家族的魯道夫一世吧。」

「你說的哈布什麼的是什麼？」

「是以前德國很有勢力的家族，這種事無關緊要啦！魯道夫，你也看到了，我不光和皇帝沾不上邊，還是一隻流浪貓。而且，我有很多人類的朋友，但我認識的這些人類朋友彼此並不認識，所以，他們也不知道別人怎麼叫我，就各自幫我取了名字。

你以為是巫婆的那個老婆婆叫我『阿虎』，學校廚房大嬸叫我『老大』，魚店老闆叫我『大胖』，派出所員警叫我『阿偷』，就是小偷的『偷』。這麼一來我就有很多名字。你第一次見到我時，我告訴你：『我的名字可多了。』結果，你以為我叫『可多樂』，不是嗎？」

「對，沒錯，我來這裡之後也多了好幾個名字，一下子叫『小黑』，一下子又叫『小不點』。原來和不認識的人

當朋友，就會有很多名字。」

我又問可多樂，他不是寵物貓，為什麼會有那麼多人類朋友，他回答說：

「你是寵物貓，所以可能不是很清楚，流浪貓求生存不是一件容易的事。如果不和人類當朋友，每天就要翻垃圾箱找食物，誰想吃發臭的魚呢？想要吃好東西，唯一的方法就是和人類當朋友。不然，就要吃麻雀和老鼠，雖然那也不壞，但是每天吃也會吃膩的。」

可多樂真懂得和人類打交道。我又不死心的繼續追問：

「可多樂，你真懂得人類的心思，你以前該不會也是寵物貓吧？」

可多樂只回我「你真囉嗦！」就轉身睡著了。

又有一天晚上，我問他：

「我們走在街上時，其他的貓躲的躲、逃的逃，我猜想大家都怕你。為什麼大家都怕你呢？」

可多樂回答我：

「老子不是對每隻貓都這麼好。流浪貓求生存可不輕鬆，如果對每隻貓都笑臉相迎，連自己的份都會被搶走。如果找不到食物，就只能餓死；如果不守住自己的地盤，食物就會被其他貓搶光。所以，怎麼可能對每隻貓都客氣呢？」

於是，我接著問他：

「那你為什麼對我這麼好？」

可多樂又只說了一句「你真囉嗦！」就轉身睡著了。

我終於了解，誰都有不想讓人知道的事。我不想談自己的事時，如果被問到我從哪裡來，以前的主人是怎樣的人，還有為什麼會跑來東京，我就會想起理惠、纜車站的大姐姐，還有站在山上看到的風景，心裡就會很難過。如果想到可能再也回不去，也許還會掉眼淚。

我把這些想法告訴了可多樂，他說：

「你越來越懂事了，這就叫有知識、有教養。」

9

牛奶和歪七扭八的月亮

我到東京時，正是櫻花開始飄落的季節。兩個星期、三個星期過去，我回家的希望越來越渺茫，我也漸漸適應了流浪貓的生活，有時候甚至覺得這樣反而輕鬆愉快。但這只是在逞強，其實我很想趕快回家，只是不論再怎麼想家也回不去了，只能繼續留在這裡當流浪貓。

可多樂教了我很多流浪貓

的生存之道。現在，即使我自己去他以前曾經帶我去過的地方，人類也會給我吃香喝辣。

可多樂告訴我，去這些熟人家時，絕對不能貪心，人家給多少就吃多少，千萬不能貪得無厭。而且，不能整天都去某一戶人家，去了一次之後，至少要隔兩、三天才能繼續上門，否則，會讓人類覺得臉皮太厚，甚至從此被討厭。

我很聽可多樂的話，因為他年紀比我大，而且當流浪貓的經驗也比我豐富，所以聽他的準沒錯，就像可多樂說的，那個長得像巫婆的老婆婆真的是個大好人。

有一次，我外出散步，剛好遇到下雨，只好去老婆婆家的屋簷下躲雨。雨飄到屋簷下，我渾身溼透了，很怕會感冒。可多樂平時再三叮嚀我，照顧好自己的身體是流浪貓的頭等大事。寵物貓生病，有藥可以吃，如果吃了藥仍然好不了，主人就會帶去看獸醫，流浪貓可沒有這種福利，即使是小感冒也要極力避免。

雨一直下個不停，我渾身淋得像落湯雞，真是傷腦筋。我心想，繼續在那裡躲雨，身體會淋得更溼，乾脆一路衝回神社，躲到地板下。嗯，就這麼辦。既然要跑，就要輕裝上陣，於是我用力抖動身體，甩掉身上的雨水，就在這時，老婆婆家的木門突然打開了。

「喔喲，這不是小黑嗎？喔喲，喔喲，怎麼都淋溼了？真可憐！我就覺得外面有動靜，原來是你。」

每次來這裡，我就變成了「小黑」，去其他地方時，也有很多人叫我「小黑」。可多樂有很多名字，我只有「小黑」這個名字，偶爾也有人叫我「小不點」。

老婆婆說完，就抱著我走進屋裡，從衣櫃裡拿出毛巾蓋在我的頭上，用力擦我的身體。我覺得有點痛，但想到這樣就不會感冒了，心裡便鬆了一口氣。

擦完身體後，老婆婆對我說：

「你等一下，我倒牛奶給你喝。」

她走去廚房，拿了一個小盤子和牛奶回來。我最喜歡喝牛奶了，來東京之後，我還沒喝過牛奶。以前在理惠家時，理惠總會把她的牛奶分給我喝。

我等不及老婆婆把牛奶倒進盤子裡，就迫不及待的把臉伸了過去，牛奶都倒在我頭上了。

「別這麼急，沒有人跟你搶，你看，黑貓都變成白貓了。看吧看吧，還嗆到了！慢點喝。」

我的身體擦乾了、肚子也填飽了，突然覺得有點想睡覺，我打了一個呵欠。

「喔喲，你是不是想睡覺了？沒關係，先去躺一下，反正外面還在下雨。」

聽到老婆婆這麼說，我決定躺在廚房的角落睡一下。

遠方傳來一個聲音。啊，是理惠的聲音！

「小魯，小魯，魯道夫！」

她正在叫我。我想回答她，想發出「喵嗚」的聲音，但不知道為什麼，聲音卡在喉嚨裡出不來。我努力想要喊出聲，但完全沒辦法，理惠的聲音越來越遠，我拚命想發出聲音回應她。

「理惠，在這裡，我在這裡呀！」

我想要這麼說，卻還是沒有聲音，身體也動彈不得。

「喵嗚──」我終於叫出來了。

「哎呀，你醒了嗎？我看你一直在說夢話，正想叫醒你。是不是做惡夢了？你在夢中被狗追嗎？」

出現在我面前的不是理惠，而是老婆婆。原來是剛才睡得太熟，所以做了夢。我突然難過起來，因為剛睡醒，腦袋有點昏昏沉沉，忍不住擔心真的永遠回不了家，只能一輩子留在東京。

正當我這麼想的時候，老婆婆撫摸著我的背說：

「你是不是哪戶人家養的貓？怎麼了？找不到回家的路嗎？如果你不嫌棄，也可以住在我家。別看我這麼窮，要養活你還不成問題。」

我很感激老婆婆對我說這些話，但如果我在這裡住下來，就對不起正在為我擔心的理惠，所以，我起身走向木門。

「是嗎？你要回去了嗎？改天再來玩，這裡隨時都有牛奶。」

老婆婆說完，為我開了門。

走出門外，雨已經停了，月亮露出了臉。我抬頭一看，在淚水中，月亮變得歪七扭八。

10

米克斯的獨家大爆料

六月了。這一陣子，可多樂經常晚上不回家，上次他連續三天都沒回來。我已經適應了東京的生活，即使沒有他在身邊，也不會感到心慌，但他連續三天不回來，還是不免有點擔心。

這讓我想到，理惠應該也很擔心我。以前我在家裡的時候，有一次在外面玩到很晚才回家，理惠很擔心，一直在家門口等我。我回家看到理惠，立刻跑向她，她也跑過來抱著我，一邊用臉頰在我臉上磨來磨去，一邊說：

「小魯，你怎麼在外面野到這麼晚才回家啊！」

然後，她就帶我進了屋。

我沒回家的那一天，理惠也像之前那樣在門口等我嗎？現在仍然每天都等在門口嗎？還是早就忘掉我了？

這陣子天氣都很晴朗。可多樂說，梅雨季節快來了，要趁現在玩個夠。過一陣子，整天都會下雨，沒辦法出門，就會運動不足。他今天也一大早就出門，不知道到哪裡去了。

今天是星期天，我們住的神社旁有一個小型兒童公園，一大早就有很多小孩在那裡玩耍，吵吵鬧鬧的。可多樂出門後不久，我也決定出去散步。

去小學看看吧！星期天學校裡沒有人，看看能不能抓到麻雀。於是，我走向之前那個有廚房的小學。

要去學校的話，走商店街是最快的，但星期天的商店街擠滿了人，我決定從商店街後面的小巷穿過去。家家戶戶的庭院都是枝葉茂密，嫩綠色的樹葉吸滿了陽光。今天會很熱，我這麼想著，抬頭看著天空時，發現頭頂上方傳來一個聲音。

「喂，魯道夫。」

我朝聲音的方向望去，發現那裡有一棵松樹，沒有半個人。

「喂，我在這裡，在這裡。」

我只聽到聲音，卻沒看到半個影子，差一點以為是松樹在說話。我走到松樹下，發現明明沒有風，但卻有一根樹枝不停的在搖晃。我定睛細看搖晃的樹枝。看到了，看到了，有一隻黑白雙色貓抓著樹枝，低頭看著我。

「魯道夫，你自己出來散步嗎？」

「對呀！」

聽到我的回答，雙色貓仍然不放心的問：

「真的只有你而已嗎？你的老大是不是躲在哪裡？」

「真的只有我。不過，即使可多樂在也沒關係呀！」

「可多樂？喔，原來你叫他可多樂，這裡的貓都叫他『垃圾虎』，不過這種事無關緊要。我馬上就下來，你等我一下。」

雙色貓沿著樹幹爬了下來。

「魯道夫，你叫魯道夫對吧？」

當雙色貓這麼問我時，我很納悶，他怎麼會知道我的名字？

雙色貓似乎看穿了我的心思。

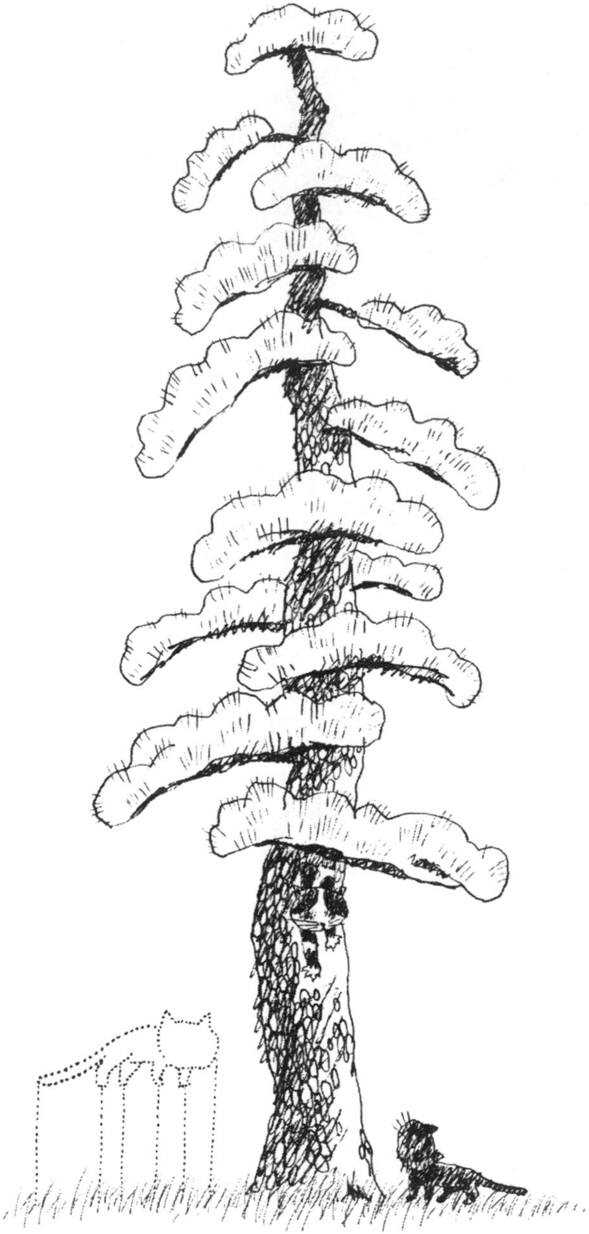

「你是不是覺得很奇怪，我怎麼會知道你的名字。你整天和垃圾虎形影不離，想不出名也難啊！我叫『米克斯』，商店街魚店的斜對面不是有一家五金行嗎？我就是那一家的貓。」

五金行的貓找我有什麼事？他看起來不像是壞蛋，也不像特地從樹上跑下來找我麻煩。

「找我有事嗎？」

「沒什麼事，我之前就想找機會和你聊一聊，但你總是和垃圾虎黏在一起，所以一直找不到機會。」

「我和可多樂在一起時就不行找我嗎？」

「不是行不行的問題，即使我覺得沒問題，他也不會讓我這麼做。」

他也怕可多樂，我暗自想道。

「你怕可多樂嗎？」

「你這是明知故問，就像太陽從東邊升起一樣，這種事不用問也知道。」

「你果然怕他。」

「當然啊，這一帶只有小川先生家的大魔頭不怕垃圾虎。」

說句心裡話，其實我很高興看到大家都怕可多樂。雖然我也希望大家和他都當好朋友，但大家都怕的貓只對我好，不是讓人有點竊喜、有點得意嗎？所以，聽到居然有一個傢伙不怕可多樂，我有點不高興。

「哦，那個叫大魔頭的傢伙是怎樣的貓？」我故作意外的問。

米克斯回答說：

「你在說什麼啊，大魔頭才不是貓，垃圾虎怎麼可能怕貓。他是狗，是一隻鬥牛犬。」

搞什麼，原來是狗！我鬆了一口氣，世界上怎麼可能有哪隻貓比可多樂更厲害？我連連點頭。

「即使是狗，一般的狗也打不過垃圾虎。我之前曾經看過他和流浪狗打架，超強的。要知道垃圾虎到底有多厲害，看過那次打架就知道了。」

我很想知道到底是怎麼一回事。米克斯似乎察覺到我的想法，便對我說：

「我們不要站在路上說話，要不要一起去松樹上涼快的地方聊天？」

可多樂曾經叮嚀我，不管遇到任何貓，都不能輕易放鬆警戒跟著走，因為誰都不知道會發生什麼事。我思考著到底要不要和米克斯一起爬樹，擔心還有其他貓躲在樹上。

米克斯看我猶豫不決的樣子，對我說：

「別擔心，不會有人笨到想要害你。如果和你打架，打輸也就罷了，萬一不小心贏了，垃圾虎會把我們打個半死。」

他率先爬上樹，我也跟著爬了上去。

松樹上很涼快，視野也很好。我喜歡爬樹，也喜歡登高望遠。爬到一半時，我超越了米克斯，越爬越高。

「喂，不要再往上爬了，太高的話很危險。」

米克斯在下面大叫著，我原本想爬到更高的地方，但如果米克斯不上來，我們就不能聊天，於是，我停下來等他。

「爬這麼高很危險，下去的時候怎麼辦？」

米克斯小心翼翼的爬上來，雖然他嘴上這麼說，但一爬上來就欣喜的四處張望。剛好有兩根樹枝一高一低，我們便分別坐在樹枝根部。

「你剛才說，可多樂和狗打架，之後怎麼樣了？」我迫不及待的問。

「對，對，就是這件事。那次真是太厲害了，他一拳就把對方摺倒了。」

「你不要故意吊我胃口，趕快告訴我。」我催促著他。

「你別急嘛！我這就告訴你。」

於是，米克斯說了起來。

「嗯，那是什麼時候？大概是去年冬天吧！那天，我正躲在暖爐桌下睡午覺，聽到我家後面傳來很大的叫聲。汪喔喔、喵吼吼的。喵吼吼是垃圾虎的聲音，怎麼樣？我學得很像吧？汪喔喔是流浪狗的聲音，這個我學得不太像，好像不是汪喔喔，而是汪喔汪喔，不，也不對，應該是汪喔嗚汪喔嗚，不對，應該是汪喔嗚喔，也不太對，是汪汪喔汪吧？」

「這不重要啦！不管是汪吼汪吼還是汪嗡汪嗡都不重要。」

我等不及了，忍不住這麼說。

「誰說是汪吼汪吼、汪嗡汪嗡了？我說的是汪喔汪喔和汪喔嗚汪，還有……」

「好了，這我已經知道了，你繼續往下說。」

「是嗎？其實這點還滿重要的，但既然你這麼說，我就先繼續吧！總之，我聽到有狗和貓在大叫，都在嚇唬對方。我立刻從暖爐桌下鑽了出來，跑到窗邊，把頭伸進窗簾的縫隙往外看，剛好看到垃圾虎準備和狗打架。那隻棕色的狗是那一陣子才流浪到這一帶的流浪狗，很大隻，即使沒有比垃圾虎大一倍，也差不多了，他的額頭上有一道斜斜的傷疤，看起來很凶悍。他每次看到貓，就會追著貓跑，我有一次也差一點被他追上，後來我爬到樹上，才逃過一劫。幸好狗不會爬樹，不過，他還是在樹下對我叫了半天。雖然我知道他爬不上來，但聽到他在下面一直叫，心裡也會發慌。當時真的把我嚇死了！」

我探出身體聽得出了神，差一點掉下去。

「哎呀，好危險，你要抓緊。反正，那隻狗就是大壞蛋，他和垃圾虎相互叫陣。垃圾虎壓低身體，發出喵吼吼的叫聲。下一秒，那隻狗就撲向垃圾虎，但垃圾虎比他早百分之一秒跳了起來。垃圾虎早就猜到了狗的計謀，斜斜的縱身一躍，跳起來的時候，用左前腳狠狠打向那隻狗皺成一團的鼻子。然後在空中轉向狗的背後，用左前腳的爪子抓向他的鼻子，右前腳爪子抓向他的眉心，又咬住了那隻狗的耳朵。」

「等一下，太奇怪了，既然可以抓到他的眉心，戳向他的眼睛不是更有效嗎？」

聽到我的質疑，米克斯一臉得意的向我解釋：

「這就是垃圾虎了不起的地方，誰都覺得戳眼睛更高招，但垃圾虎卻與眾不同。你想想看，如果被垃圾虎的爪子戳中眼睛，那隻狗一定會瞎掉。對方是流浪狗，一旦失明，會對之後的生活造成很大的影響。貓和狗雖然不同種類，但都是在外面混飯吃，垃圾虎有為對方考慮到這個問題。」

我就知道可多樂其實心地很善良，聽了米克斯的話，我更深信這一點。米克斯繼續說：

「垃圾虎咬住了他的耳朵，怎麼可能輕易放手？而且，垃圾虎咬住耳朵的同時，還用爪子拚命抓他的鼻子和眉心，真是慘不忍睹。最後，那隻狗終於忍不住發出『啊喔喔』的求饒聲。垃圾虎才輕輕鬆鬆的從他背上跳下來，還對他說：『你這個中看不中用的傢伙，別再讓我看到你，下次我會把你的兩隻耳朵都撕爛，把你的臉抓成哆啦A夢，你給我記清楚了！』真是帥呆了！」

米克斯說得口沫橫飛，我也想像著勇敢的可多樂大獲全勝的模樣，跟著得意起來。我和米克斯沉默了半晌，一起發著呆。

「啊，慘了，我要回家了，午飯時間到了。」

米克斯說完，就爬下樹去，而我還愣愣的想著可多樂的事。

「你這個中看不中用的傢伙，別再讓我看到你，下次我會把你的兩隻耳朵都撕爛，把你的臉抓成哆啦A夢，你給我記清楚了！」我模仿著可多樂。嗯，真的太帥了！

「你這個中看不中用的傢伙，別再讓我看到你，下次我會把你的兩隻耳朵都撕爛，把你的臉抓成哆啦A夢，你給我記清楚了！」

這一次，我壓低了聲音，聽起來更有威力。嗯，嗯，真的很帥。我立刻愛上了這句話。

我在樹上練習這句話時，米克斯已經爬到了樹下。

「喂，魯道夫，我要走了，你下來時也小心點。還有，我再告訴你一個祕密：垃圾虎以前是寵物貓。改天見嘍！」

我仍然欲罷不能的繼續練習那句話。

「你這個中看不中用的傢伙……什麼？他剛才說什麼？」

已經走了好幾步的米克斯再度回頭說：

「我還要告訴你另外一件事，他看得懂人類的字，很厲害吧？改天見嘍！」

米克斯越走越遠了，我仍然沉醉於那句話。

「把你的臉抓成哆啦A夢，你給我記清楚了！」

這時，我頭上傳來「啪沙啪沙」的聲音，抬頭一看，是一隻鴿子停在樹頂上。我立刻對他現學現賣，說：

「喂，鴿子，你這個中看不中用的傢伙，別再讓我看到你，下次我會把你的兩隻耳朵都撕爛，把你的臉抓成哆啦A夢，你給我記清楚了！」

我狠狠瞪著鴿子，才發現鴿子根本沒耳朵，而且，他的臉本來就長得像哆啦A夢。

「咕喔。」

鴿子叫了一聲飛走了。我覺得有點糗，只能大罵一句：

「笨蛋，不得好死！」

雖然不知道誰更像笨蛋，但我還是這麼罵了一句。當我正準備往下走時，突然想起米克斯剛才說的話。嗯？什麼？可多樂以前是寵物貓？看得懂人類的字？就在這時，我腳下一滑，從松樹上掉了下來，背重重的撞到了地上。

11

可多樂生氣了

幸好沒有受傷，如果被人知道貓從樹上掉下來受了傷，恐怕會淪為笑柄。像剛才那樣的高度，只要在半空中旋轉一次，就可以雙腳落地。

我忍著痛，努力站起來，左顧右盼，確認四下無人。

太好了，沒有人看到，我若無其事的離開了松樹。

我鑽過小學正門的鐵門縫隙，發現操場上沒有人。馬路和操場之間的石磚牆靠操場的這一側，種著一排參差不齊的樹，有的只和大人一樣高，也有的要小孩子張開雙手才能勉強抱住。我躲在一棵比較粗的樹後面，找機會抓麻雀。

我有一件事可以贏過可多樂，那就是抓麻雀。雖然不知道如果可多樂認真抓麻雀，能不能贏過我，但他好像對麻雀沒什麼興趣。他告訴我，貓有兩種，一種喜歡抓老鼠，另一種喜歡抓麻雀之類的鳥。喜歡抓老鼠的叫鼠貓，喜歡抓鳥的叫鳥貓。所以，可多樂是鼠貓，我是鳥貓。

抓地面上的麻雀看起來簡單，但其實沒有想像中那麼容易。外行人一定以為只要躲在高處，從上面撲下來就可以抓住，但這種方式其實不容易抓到麻雀。

首先，對麻雀來說，不，不光是麻雀，貓也一樣，對高處有比自己更大的動物會很敏感。因為比自己大的動物通常都比自己強，所以不得不敏感。而且，即使敵人和自己一樣大，打起架來，當然是站在高處更有利。相反的，站在低處就比較不利。所以，對於站在高處的動物必須隨時保持警戒。

很難抓到地上麻雀的另一個原因，和麻雀起飛的時間有關。麻雀飛起來時，並不是只用翅膀而已，也會同時用腳。在拍動翅膀的同時，雙腳也會用力跳起來。你自己實驗一下就知道，在平穩的地方和不平穩的地方跳起來，哪一個更使得上力？當然是平穩的地方。

在地面上跳躍最容易。相較之下，樹枝會晃動、彎曲，無論對貓、人，或麻雀來說，都不是理想的跳躍場所。從樹枝上起飛，比從地面上起飛需要再多費一點時間，這一點點的時間很重要，因為，勝負就在這轉眼之間。

因此，我會站在樹下瞄準停在樹枝上的麻雀。我通常都躲在大樹後方，撲向停在較低樹枝上的麻雀，用前腳把他打下來。你們或許會覺得我很殘酷，但在動物的世界裡求生存就是這麼一回事。人類不也會捕魚來吃嗎？你別說你從來沒有吃過魚和肉喔！

所以，這所小學的操場是抓麻雀的理想地點。

我鑽過大門，走向那一整排樹，發現有一隻貓坐在操場對面單槓下的沙坑內。看背影就知道是可多樂。他好像在沉思。

「喂，可多樂。」我一邊跑向沙坑一邊大叫著。

可多樂緩緩轉過頭，當我靠近時，他說：

「小魯，原來是你。你又來抓麻雀嗎？」

「對呀。」

我打算在他面前現學現賣剛才學的那句話。

「可多樂，你有沒有聽過這句話？」

我故意壓低了嗓門。

「你這個中看不中用的傢伙，別再讓我看到你，下次我會把你的兩隻耳朵都撕爛，把你的臉抓成哆啦Ａ夢，你給我記清楚了！」

我的話還沒說完，可多樂的前腳就飛了過來。

啪！

他甩了我一個耳光，害我差一點跌倒。因為實在太震驚了，我一下子說不出話來。

「你、你幹什麼？」我好不容易擠出這句話。

「你還問我幹什麼？這句話你是從哪裡學來的？」可多樂大聲問我，他真的生氣了。

「難道你以為我要咬下你的耳朵嗎？這句話不是你自己說過的嗎？」我用顫抖的聲音好不容易擠出這句話。

「我當然知道，我問的是你從哪裡學來的？」

「哪裡學來的？哪裡學來的不都一樣嗎？」

我快哭出來了，因為這是可多樂第一次對我動粗，我當然好想哭。

「我猜是五金行的米克斯，因為他四處宣揚這件事。」

「難道我不能和五金行的米克斯說話嗎？我要和誰說話是我的自由。」

聽到我的話，可多樂露出有點難過的表情說：

「沒有人說不能和米克斯說話，小魯，聽我說，我不該打你，是我的錯。會不會痛？對不起。不過，魯道夫，你坐下來，我們慢慢聊。」

我憋著一肚子氣坐在沙子上。

「小魯，我之前就想跟你說，你這陣子說話很粗野。當然，你常和我在一起，我也要負一半的責任，但是，並不是任何事只要模仿我就好。當你說話粗野，做一些不入流的事，心靈也會越來越空虛，越來越粗野。身為一隻流浪貓，自然不可能自命不凡或故作清高，但你不是想要回家，想要再回去當寵物貓嗎？難道你覺得理惠看到你變得這麼粗野會高興嗎？你自己說。」

剛才挨了可多樂的耳光，我已經夠難過了，現在又聽到理惠的名字，我越來越傷心，眼眶紅了起來。

理惠的媽媽經常抱著我，向她的朋友誇耀說：

「我家的貓是不是看起來很高貴？」

這陣子我變得粗野了嗎？經過可多樂的提醒，我發現自己說話的確和以前很不一樣了。我不發一語的想著，可多樂繼續說：

「而且，你模仿的那句威脅的話不可以隨便用，那不是沒事可以掛在嘴上的話，也不能用來虛張聲勢，那是我和狗打架時說的。那隻狗也不是自願當流浪狗的。小魯，你應該能理解吧？」

我沉默的點點頭。

「既然知道就好。對不起，我剛才不應該打你。」說完，可多樂把頭轉向另一邊。

我聽到「流浪狗」這個詞，突然想要向可多樂確認剛才米克斯說的事。

「可多樂，我想問你一件事，聽說你以前是寵物貓，這是真的嗎？我還聽說你看得懂人類的字？」

可多樂轉頭看著我，他的雙眼閃爍著；我立刻知道自己問了蠢問題。

12

可多樂的祕密

可多樂神情凝重的看了我半晌，重重的嘆了一口氣。

「這也是那個米克斯告訴你的嗎？」

我沒有吭氣。即使可多樂已經察覺到是米克斯告訴我這些事，我也不能說出米克斯的名字來。

「算了，誰告訴你的都一樣。」說完，可多樂抬頭仰望著天空。

六月的陽光燦爛，氣溫越來越高，坐在太陽下的沙坑上，背後覺得越來越熱。有人說，貓在一年之中，最多只有三天會感覺到熱，根本就沒這回事。雖然貓基本上怕冷不怕熱，但夏天的時候，我們還是會覺得熱。

即使可多樂沒有回答，我也已經確定，他以前曾經是寵物貓，他沒回答就是最好的回答。我果然問了不該問的事。

「可多樂，對不起，我問了讓你不開心的事，我好像整天都在惹你生氣。」

我覺得我最好還是識相的離開，並不是因為不想要可多樂對我發脾氣，我情願他對我發脾氣，也不願意他難過。我對他說：

「我去抓麻雀，也幫你抓一隻。」

我起身時，可多樂轉頭看著我說：

「別管麻雀了，你坐下吧！我之前就打算找機會告訴你，所以現在告訴你也沒關係。對，你說得沒錯，我以前是寵物貓。你認不認識商店街後面種了一棵大銀杏樹的那戶人家？」

喔，就是養了鬥牛犬的那戶人家，我心想。然後直覺告訴我，剛才米克斯所說的鬥牛犬，應該就是那隻鬥牛犬。我這才想起，可多樂很少去那棟房子附近，難道是因為害怕那隻叫大魔頭的狗嗎？我也曾經在那戶人家的圍牆上看過那傢伙，淡咖啡色的

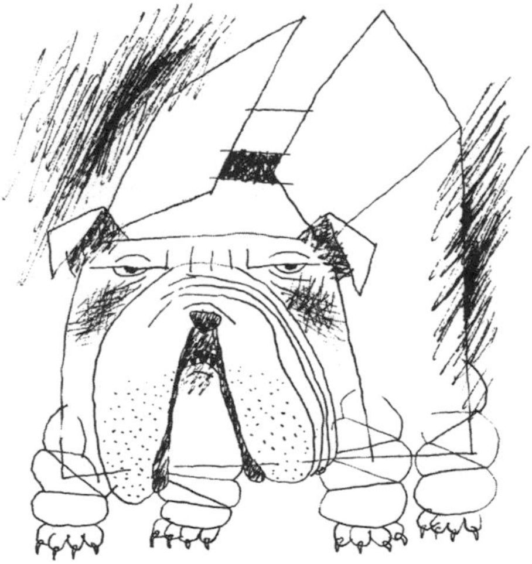

身體，嘴巴大得像妖怪，黑黑的嘴脣垂吊著，四肢又粗又壯，好像在紙箱上插了四條火腿一樣。他的眼睛很貪婪，就是一副惹人厭的樣子。

我點了點頭。

「我知道，那戶人家姓小川。」

「沒錯，就是小川先生家。小川先生家隔壁不是有一片空地嗎？以前，那裡有房子，我就是那戶人家養的貓。」

那片空地很大，如果以前有房子，那房子應該也很大。

「那家人去了哪裡？」

「搬家了。」

「搬去哪裡？」

「很遠的地方。」

「多遠。」

「比你以前住的城市更遠。」

比我以前住的城市更遠的地方是哪裡？而且，可多樂不知道我以前住在哪裡，怎麼知道他們搬去了更遠的地方？我問他：

「你怎麼知道他們搬去比我以前住的城市更遠的地方？」

可多樂望著遠方的天空，低聲嘀咕說：

「不是日本。」

「『不是日本』是哪裡？」

「小魯，你不是搭貨車來到東京的嗎？我以前的主人去的地方連貨車也去不了，要坐飛機。」

我知道飛機就是有時候會從天上飛過，發出很大聲響的那種東西，但我之前不知道那是人坐的，我應了一聲說：

「是喔！」

「我告訴你，離這裡不遠的地方有一條大河。」

我知道那條河，我曾經去過，但只有一次，之後就沒再去過。我以前住的城市也有一條差不多的大河，看到那條河，會想起很多往事，心裡很難過，所以我就不再去那裡了。

「沿著那條河一直往下游走就是大海。」

我從來沒有看過大海。可多樂曾經告訴過我，大海就像很大很大的池塘，也比池塘深幾千倍。遇到暴風雨，會有好幾公尺高的海浪。大海裡有各式各樣的魚和動物，有一種叫鯨魚的動物，比人和老虎大，甚至比貨車更大。可多樂什麼都知道。

「那裡的大海叫東京灣。」

「東京灣？」

我越來越聽不懂了，但還是假裝一副很懂的樣子。

「東京灣是入海口，從那個入海口可以去太平洋，那是世界上最大的海。在這個世界上最大的大海對岸，有個叫『美國』的國家，比日本還要大。我的主人去了美國。」

那個世界離我太遙遠，我完全搞糊塗了，只知道可多樂的主人去了很遠很遠的地方，會不會比月亮還遠？我很想問可多樂，美國是不是比月亮更遠，但眼前的情況好像不適合問這個問題。

「那已經是五年前的事了。我的主人不是小孩子，是一個成年男人，他一個人住在大房子裡。有一天，他把我叫到面前，對著我說：

『虎哥，我們不能再一起生活了，你不能再繼續住這裡，這棟房子要拆了。這本來就不是我的房子，只是租的，我要去美國了，你以後也要獨自生活。』

『虎哥』是他以前幫我取的名字。不久之後，我的主人就帶著很多行李離開了家，而我繼續住在那棟房子裡。過沒幾天，怪手和推土機來了，拆了那棟房子，我只好離開，之後就一直當流浪貓。」

我不發一語的聽可多樂用懷念的語氣訴說著。

「我的主人很風趣幽默，每天晚上回家都會喝威士忌，和我聊很多事。有一天晚上，他心血來潮的對我說：

『虎哥，從今天開始，我每天晚上都會教你認字。』

我雖然並不想認字，但他硬抓著我，用繩子綁住我的脖子，讓我沒辦法逃走。他不知道從哪裡找來素描簿，在素描簿上寫了很大的字，教我認『這是ㄅ，這是ㄆ』，每天都教我注音符號，光是『ㄅㄆㄇㄈㄉ』就學了十天。即使我再怎麼不想學，每天都被逼著學，不知不覺中就學會了。我的主人經常問：

『你真的會嗎？』

問歸問，他卻沒有放棄教我認字。光是注音符號就學了兩個月，我已經算是很有毅力了，但他比我更有毅力，因為他根本不知道我到底有沒有學會，只是憑感覺，覺得學了這麼多次，應該已經會了吧！然後再教下一個。雖然像是我在自誇，但其實我不笨，主人教了我兩個月的注音符號，其實我在第一個月就全學會了。學完注音符號後，就開始學簡單的國字。整整一年，他每天晚上都教我認字，每次差不多三十分鐘左右，不學完就不能離開，但多虧他教我認字，我才會看報紙。當時覺得很痛苦，現在回想起來，我很慶幸那時學會認字。」

「學人類的字有用嗎？」我插嘴問。

「很有用。那時候，我還不知道有這麼大的用處。話說回來，我至今仍然不明白，他為什麼要教我認字。」可多樂偏著頭思考起來。

「你告訴我，有什麼用處？」我又變成了好奇寶寶。

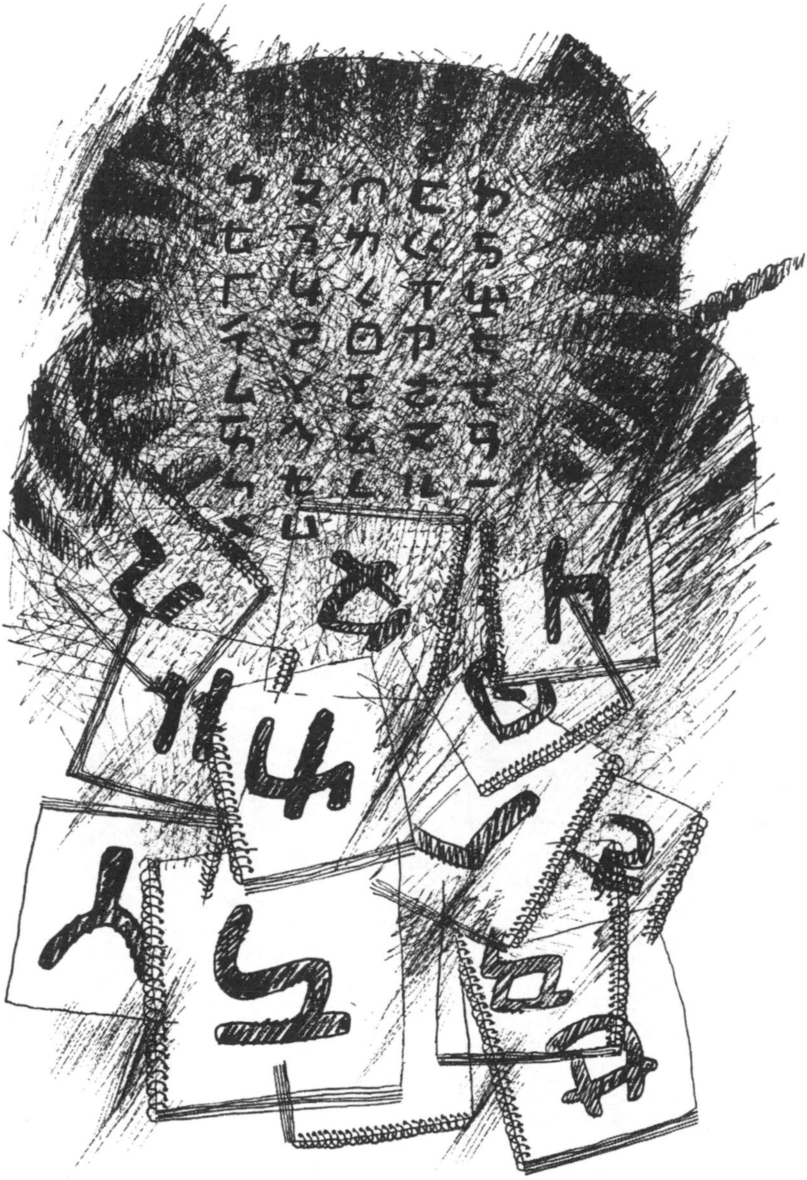

「有很多用處，比方說，嗯，我不是經常和你一起去學校的廚房嗎？我們每次一起去的時候，不是都吃奶油燉肉嗎？你自己去的時候呢？你上次不是還抱怨，難得去一趟學校，居然是吃咖哩，你一點都不想吃嗎？為什麼我們一起去的時候都是奶油燉肉，你自己去的時候就是咖哩呢？」

我想起來了。和可多樂一起去時，每次都是吃奶油燉肉，前天中午，我邀他一起去學校，他還說，今天不是吃奶油燉肉的日子，所以不想去。可多樂即使不去學校，也知道那天中午的營養午餐要吃什麼。

「我在傍晚的時候，會來這裡的廚房，從窗戶看牆上的黑板，黑板上會寫這一個星期的菜單，只要認得字，就能知道學校的營養午餐吃什麼。」

「原來是這樣，難怪你知道什麼時候吃奶油燉肉。那，還有其他的好處嗎？」我已經無法克制內心的好奇。

「當然有，小魯，我不是知道很多事嗎？我知道美國的事，也知道貓狗以外的動物，之前不是經常說給你聽嗎？」

可多樂真的什麼都知道。

「有些是我之前的主人告訴我的，其他都是我自己從書上看來的。」

「書？書是……」

「我帶你去看就知道了。」

說著，可多樂走向校舍。

13

班級圖書櫃和有知識的貓

可多樂似乎打算走進校舍。星期天，學校每間教室的門都關著。之前，我想在沒有人的學校探險，想看看有沒有地方還開著，結果發現門都關起來了，窗戶也關上了，最後我只好悶悶的回家去。

可多樂走到校舍後方，三層樓的校舍有三排窗戶，一樓的窗戶、二樓的窗戶和三樓的窗戶。這三排窗戶下方，有幾個細長形的小窗戶。可多樂站直身體，把前腳放在一樓其中一個小窗戶上，然後把爪子插進窗戶的縫隙，前腳稍微動了幾下，聽到「喀嗒」一聲，窗戶打開了五公分左右。可多樂把臉伸了進去，左右轉動脖子，撐開到我們可以鑽進去的縫隙。

可多樂用後腳輕輕一躍就鑽進窗戶，我也跟著鑽進去。

那是一條長廊，有好幾個教室。可多樂打算做什麼？教室的窗戶很重，我們根本不可能打開。

仔細一看，我發現每間教室靠走廊的窗戶下方，也有和剛才一樣的小窗戶。

「小魯，這次換你來試試。」

和剛才的窗戶不同，這次不需要伸直身體，就可以碰到窗戶。我用和可多樂相同的方式打開窗戶，鑽進了教室。

教室內有很多桌椅。

「你看，就是這個，是這個。」可多樂看著教室角落櫃子上的東西對我說。

「原來是這個東西，理惠也有。」

可多樂聽了有點不悅。

「這就是書嗎？不是教科書嗎？我記得理惠是這麼說的。」

「教科書也是一種書，也有不是教科書的書，你過來看看。」

可多樂用前腳從架子下層拉出一本外殼很厚的大書，用鼻子靈巧的翻閱著，上面畫了各式各樣的動物。

「你看，這就是老虎，旁邊的是獅子。」

那一頁有很多長得很像貓的動物。

「這本書的書名叫《動物圖鑑》，上面有很多圖片，但也有的書上寫滿了字。如果一下子拿太多，會被人發現，因為我們可以把書拉出來，卻沒辦法把書放回去，最多只能再拿一本。」

說著，可多樂從架子上層拉出另一本書。

「你看，這本書上幾乎都是字，是關於一個叫愛迪生的人的傳記。」

「傳記？」

「傳記就是寫那個人的一生，只要看了這本書，就知道愛迪生是怎樣的人。」

「那理惠也有傳記嗎？」

可多樂露出受不了的表情。

「怎麼可能？只有名人才會有傳記。」

「愛迪山這麼有名嗎？你之前不是說，富士山是日本最高的山嗎？」

「不是愛迪山，是愛迪生，他叫什麼名字不重要，總之，只要認識字，就可以看懂書上寫什麼。」

「如果我開始學，也能看得懂嗎？」

「當然可以，學會認字，你就能看懂上面寫什麼，但不是一下子就能學會的。人類的小孩子都要花好幾年的時間，練習好幾千個字，而且，光會認字還不夠，還要學會寫字。貓的腳和人類的手構造不同，即使認得字，寫起來也很辛苦。」說著，可多樂用力轉動著前腳。

「那你教我認字嘛！」

「我可以教你，但是並不輕鬆，不能當成是遊戲。」

「我知道，我會認真學，拜託你教我，別看我傻傻的，但學東西都很快。」

「是嗎？那我考慮看看，總之，今天就先回去吧！」可多樂神氣的說。

我們離開教室，來到走廊，又從走廊上的窗戶鑽出去。可多樂沒忘記把小窗戶關好。

「如果沒有把窗戶關好，人類就會知道貓曾經跑進去，下次會把窗戶鎖起來，我們就進不去了。」

人類很喜歡東鎖西鎖，我很納悶為什麼那個小窗戶沒有上鎖。於是，我問可多樂：

「為什麼那個小窗戶沒有上鎖？」

可多樂笑著回答：

「上鎖是為了防止小偷跑進去，人不可能從那麼小的窗戶鑽進去。小偷爬不進去的地方就不需要上鎖，但如果他們知道貓經常跑進去，就會上鎖，防止我們進去搗蛋，我就沒辦法看書了。你下次自己來的時候，千萬要記得把小窗戶關好。」

「遵命，老師。」

聽到我叫他老師，可多樂似乎很得意。

「你也要變成像我一樣有知識、有教養的貓，不然就枉費你來東京了。我也要學更多的知識，剛才我們看到的是班級圖書櫃的書，這個學校還有一間圖書室，那裡有更多書。圖書室沒有像剛才那樣的小窗戶，星期天的時候，學校會把那道重重的門鎖得好好的，平時很少有機會能溜進去，但偶爾會有人忘記鎖門，門就這樣開著。只不過這種事可遇不可求。」

「你已經會認字了，還要繼續讀書嗎？你為什麼那麼喜歡讀書呢？」

「因為我有想要做的事，算了，先不提這個。」

我覺得會認字就足夠了，但並沒有繼續追問。因為他的心情好不容易好起來，我不想再惹惱他。

總之，我下定決心，要變成有知識、有教養的貓。

14

不知道的是笨蛋

認真投入某件事時，就會覺得時間過得特別快。六月很快就過完了，七月也在轉眼之間結束了，學校從後天開始放暑假。

和可多樂偷偷溜進教室的隔天，我就開始學認字。可多樂要我保證，絕對不會半途而廢，才答應教我認字。

每天一大清早，在吃早餐前，我們就一起去教室。那時候，學生還沒有到學校上課。這個季節的白天時間最長，所以天很早就亮了。只要在太陽升起後立刻出門，離學生到學校上課之前，還有很長一段時間。

我們在單槓下方的沙坑內上課，可多樂用前腳在沙子上寫字，然後一個一個教我，這個讀「ㄅ」，那個讀「ㄆ」。可多樂說，一天學太多，反而會記不住，所以，第一天只教了我「ㄅ」、「ㄆ」、「ㄇ」三個字。

可多樂先在沙子上寫字，然後我跟著寫。

「ㄅ」

接著，可多樂再寫第二個字，我同樣跟著寫。

「ㄆ」

學完之後，再學寫第三個字。

「ㄇ」

完成之後，就一次又一次練習「ㄅ、ㄆ、ㄇ」、「ㄅ、ㄆ、ㄇ」。不一會兒，我就覺得雙腳無力，因為還不習慣寫字。

第二天，再學「ㄈ」和「ㄉ」。學完之後，再複習前一天的內容。第一個星期，每天只學兩、三個字，第二個星期開始，進度慢慢加快，每次上完新的內容，又把之前學過的字重新複習一遍，整個六月都在學注音符號。

我經常把「ㄇ」和「ㄩ」，還有「ㄙ」和「ㄣ」搞錯，但即使我一次又一次搞錯，可多樂都不會生氣，反而安慰我說：

「每個人剛開始學認字的時候都會搞錯，不必太在意，慢慢就會了。」

學會注音符號後，再學拼音就很快了。七月中旬時，我已經學會讀、寫注音符號。

晚上，我獨自去附近的兒童公園。公園內也有沙坑，那裡有路燈，可以練習寫字。

有一天我獨自在練字，米克斯不知道什麼時候冒出來，坐在一旁。

「魯道夫，你在幹什麼？為什麼一直挖那裡？」

我在沙子上寫字，米克斯以為我在挖洞。

「你又不是狗，不要把食物藏在這種地方。」

「我才沒有藏東西，我在練習寫字。」

「練習寫字？喔喲，真用功啊！是垃圾虎教你的嗎？」

我用力點頭，不發一言的繼續練習。米克斯坐在一旁，一下子用腳爪抓脖子，一下子打呵欠，有時候開口問：

「你那麼用功有什麼用？我們是貓，即使學會也沒有用。」

我繼續默默練字。

「別寫了，別寫了，簡直蠢透了，我們去爬樹吧，樹上很涼快，很舒服。」

米克斯看我沒有停止練字，就故意在沙子上跌倒，把我寫好的字弄亂。

「哎喲，我不小心絆倒了。」

我換了一個地方繼續練習，米克斯又說：

「我很久以前曾經把老鼠的尾巴藏在這裡，我忘了到底藏去哪裡了？」

說完，他在沙坑上亂翻亂攪，最後還用沙子潑我。

我忍無可忍，用注音符號在沙子上寫了一行字。

「ㄇㄧˇ ㄎㄜˋ ㄙ ㄕˋ ㄕㄚˇ ㄍㄨㄚ」

然後對他說：

「你看，我寫的是『米克斯真可愛』。」

米克斯探頭看了看說：

「喔，『米克斯真可愛』原來是這樣寫的，那你寫『米克斯是很漂亮的雙色貓』看看。」

「沒問題，小事一樁。」

說完，我又寫了一行字。

「ㄇㄧˇ ㄎㄜˋ ㄙ ㄕˋ ㄗㄤ ㄒㄧ ㄒㄧ ˙ㄉㄜ ㄔㄡˇ ㄅㄚ ㄍㄨㄞˋ」

我覺得太好笑了，拚命忍著笑。米克斯又提出了新的要求。

「那再寫『米克斯是強壯又活潑的小伙子』。」

我又重新寫了一行字。

「ㄇㄧˇ ㄎㄜˋ ㄙ ㄕˋ ㄊㄠˇ ㄧㄢˋ ㄧㄡˋ ㄇㄚˊ ㄈㄢˊ ˙ㄉㄜ ㄉㄚˋ ㄅㄣˋ ㄉㄢˋ」

寫完之後，我終於忍不住笑了起來。

「你為什麼笑？我知道了，你一定亂寫一通，快說，你到底寫了什麼？」

我一邊笑，一邊逃。

「果然被我猜中了，你居然亂寫一通，趕快告訴我，你到底寫了什麼？」米克斯大叫著追了上來。

我們在公園裡一個跑，一個追，最後他終於抓住了我，我們扭打成一團。

「快說，你到底寫了什麼？」

「哈哈哈，我寫的是『米克斯是討厭又麻煩的大笨蛋』。」

「什麼？可惡，我絕不饒你！」

米克斯用力咬住我的尾巴根部，我一方面覺得好笑，一方面又被咬得很痛，眼淚不停的流。

「哈哈哈！好痛，哈哈！你在幹什麼？哈哈哈，很痛啊，放、放開我。哈哈哈！」

真的是「不知道的是笨蛋」。如果被旁人看到，一定覺得這兩隻貓都發瘋了，扭打成一團，但其實我和米克斯並不是真的在打架。

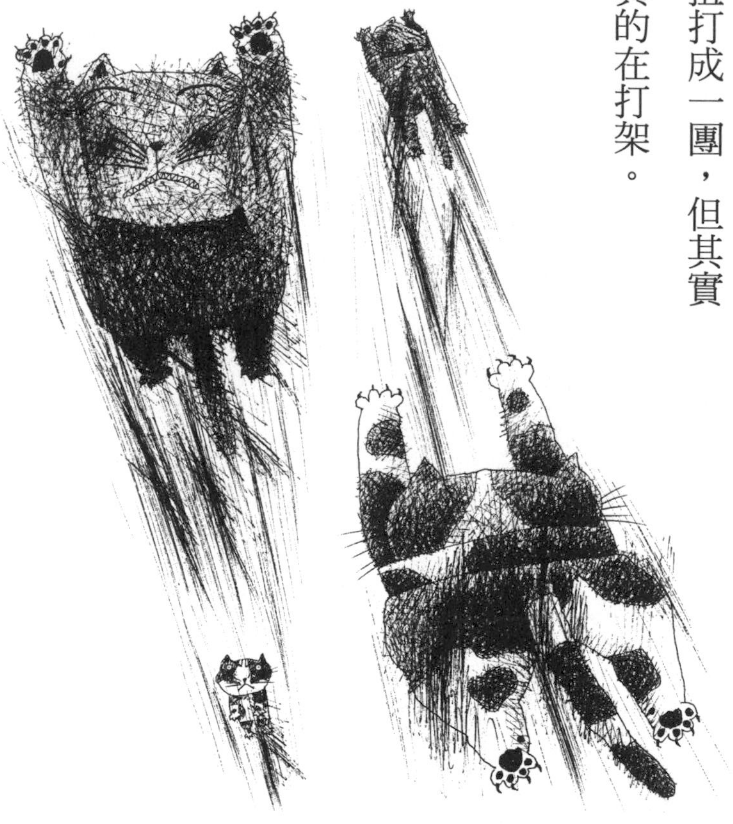

15

虎斑貓和熊男

「暑假開始了。」某個天氣悶熱的晚上，可多樂躺在神社屋頂涼涼的瓦片上說。

「放暑假是人類小孩的事，和我們完全沒有關係，因為我們每天都像在放暑假。

喔，這麼說好像也不對。反正從今天開始，每天一大清早就會有一堆小孩跑來這裡玩，真是吵死人了。」我悶悶不樂的回答。

「小魯，我問你，平時要上課的日子，這些小孩都在哪裡？」
「這不是明知故問嗎？要上課的日子，他們當然在學校啊！」
「那不上課的日子，誰在學校裡？」
「你怎麼一直問一些莫名其妙的話。暑假的時候，學校裡根本沒有人。空空蕩蕩，一個人也沒有。」
說到這裡，我恍然大悟。
對了，接下來的這段日子，學校裡整天都沒有人，我們可以每天在學校的沙坑練習寫字，也可以偷偷溜進教室。我忍不住站了起來。
可多樂也猛然站起來。
「你好像終於聽懂我的話了。在人類小孩玩耍的時候，我們就要用功讀書，只在學校和神社之間來回行動。只不過每到暑假，就有一件傷腦筋的事，你猜是什麼？」

我開始思考暑假時會有什麼傷腦筋的事。

「因為一到暑假，就沒有某樣東西了。」

「上課嗎？」

「不上課你會傷腦筋嗎？才不會吧！是你最喜歡的某個東西沒有了。」

「啊，我知道了，是營養午餐。奶油燉肉，奶油燉肉。對喔！會有好一陣子都吃不到奶油燉肉了。」

這真的很傷腦筋。我們流浪貓會挨家挨戶要東西吃，也會翻垃圾箱，經常可以吃到魚，但很少有機會吃到肉。人類一看到貓，就想要餵魚，卻忘了我們其實也吃肉，我和可多樂只有吃學校營養午餐的奶油燉肉時，才能吃得到肉。

「唉！會有好一陣子吃不到肉了。」說完，我又躺了下來。

第二天早晨，我們一起去學校。因為學生不會去學校上課，所以我們可以睡得比較晚一點。

大門的鐵門敞開著。

「咦？不是放暑假了嗎？門怎麼開著？」我問。

可多樂不慌不忙的回答：

「即使學生不到學校上課，也會有老師來學校。」

「那我們不就不能進去讀書了嗎？」我有點失望，嘀嘀咕咕的抱怨著。

「魯道夫，你是不是忘了什麼？」可多樂笑嘻嘻的問。

「我又不是人類的小孩，來學校不需要筆記本和鉛筆，不需要的東西就不必帶，既然不必帶，就不可能忘記，我根本沒忘記任何東西。」我有條有理的回答。

「你在說什麼廢話！我不是問你忘了帶什麼東西，不是東西，而是你忘了一件事。」

「不是東西，而是我忘了一件事？什麼事啊？可多樂，你老是神祕兮兮的，簡直就像神祕大叔。」

「你說誰是大叔啊，我的年紀才沒有那麼大，叫我大哥哥還差不多。」

「那請問神祕大哥哥，到底是什麼事？」我不耐煩的問。

「登登登登，答案就是，可多樂人面很廣，很擅長和人類交朋友。」可多樂用搞笑的方式回答。

「什麼？你連學校的老師也認識？」

「答對了，回答得完全正確，我們走吧！」

可多樂說完，就衝進學校，我也跟著他跑了進去。

來到教師辦公室下方，可多樂對著窗戶叫了一聲：

「喵嗚。」

可多樂看到人類時，總是拚命發出乖巧的聲音，這就是所謂的「裝可愛」。

辦公室的窗戶關著，因為裡頭開了冷氣，所以才把窗戶關起來。可多樂用比剛才更大的聲音又叫了一次，窗戶仍然關得緊緊

的。最後，他大吼起來：

「喵喔喔，喵喔喔……」

窗戶嘎啦嘎啦的打開，有一頭大熊探出頭。不，是我以為有一頭大熊。動物圖鑑讓我百看不厭，每次星期天偷偷溜進學校，就會拿來複習一下，所以，現在大部分動物的名字都難不倒我。圖鑑上都有注音符號標示出動物的名字，我也看得懂。從辦公室探出頭的那個滿臉絡腮鬍的男人，簡直就和圖鑑上的棕熊一模一樣。

「不用那樣大吼大叫，我已經聽到了，我只是剛好在忙。」

像大熊一樣的男人說完話，再度坐回桌前，沒有關窗戶。

「進去吧！」

可多樂跳上窗框，我也跟著他跳上去。

辦公室內只有一頭大熊，不，是只有一個像大熊一樣的男人。我們並排站在窗框上，男人對我們說：

「要進來就趕快進來，冷氣都跑出去了。」

熊男正坐在窗邊的桌前寫東西。我們跳進屋後，他繼續坐著寫東西，左手一伸，關上了窗戶。

「貓真清閒，真羨慕啊！即使是暑假，我也有一堆忙不完的事。」熊男自言自語的抱怨著。

「可多樂，你什麼時候認識這個像大熊一樣的男人？」我小聲的問。

「啊，就是上次啊！如果每次都在吃午餐的時候出現，會讓人類覺得我們很現實，所以，有一次我等午餐結束，清理完畢後跑去廚房玩，剛好看到這位老師和大嬸在喝茶，我就是在那時候認識他的。別看他樣子凶巴巴的，其實人很好。」

我想，可能是長得像動物的人比較會善待動物。

辦公室內很涼快，冷氣機吹出涼颼颼的冷氣，我瞇起眼睛，努了努鼻子。太舒服了！

「嗚——啊——」

這時，熊男突然用力伸了一個懶腰。

「總算告一段落了，不如來逗一逗貓咪吧！」

我來這裡，才不是為了讓這隻大熊逗著玩，「來逗一逗貓咪」是什麼意思？「不如來逗一逗」的「不如」又是什麼意思？真是太傷人了。我正想對可多樂說，在這裡打混也混不出名堂，不如趕快去其他地方，這才發現可多樂正輕輕抓著門。

「嗯？你想去走廊嗎？好，好。」

大熊站了起來，為可多樂打開了門。

我得趕快跟出去，不然留在這裡是要和大熊學雜耍嗎？開什麼玩笑！

我也來到走廊上。可多樂到底想幹什麼？

「你想要到走廊上，我讓你出來了，你還有什麼意見嗎？」

熊老師抓著絡腮鬍，用慵懶的聲音問。

可多樂走了五、六步後停下來，再度「喵、喵」叫個不停，絡腮鬍熊男走向可多樂。

「怎麼了？怎麼了？你想做什麼嘛！」

可多樂又走了五、六步停下來，熊男又走向他問：

「喂，你到底想幹什麼？你要去哪裡？」

可多樂又走了五、六步停下來，熊男又問：

「怎麼了？怎麼了？你要去哪裡？」

他們就這樣一來一往，持續了好一陣子，不一會兒，熊男終於恍然大悟。

「我知道了，你是不是想帶我去哪裡？知道了，知道了，那我就和貓寶貝在學校散散步吧！」

剛才他還說「不如逗一逗貓咪」，現在又說什麼貓寶貝。這頭大熊真奇怪。不光是大熊奇怪，可多樂也很奇怪，他打算和大熊一起去哪裡？我不想跟著他們，打算自己去教室看鳥的圖鑑，所以，轉身走向走廊的另一頭。

「喂，小魯，你要去哪裡？」

身後傳來可多樂的聲音。

「我不想看貓和大熊的雜耍表演，所以打算去看鳥類圖鑑。」

「笨蛋，暑假有一個多月，有足夠的時間可以看鳥類圖鑑。別囉嗦了，跟我來，動作快一點！」

不知道為什麼，可多樂一臉嚴肅，我只好跟在大熊的身後。

像老虎一樣的貓，和像熊一樣的人，還有烏漆抹黑的猛獸小跟班——也就是我，我們三個排成一行，在走廊上走著，果然很像馬戲團。

16

圖書館和人類的進步

可多樂走上樓梯，熊老師晃著高大的身軀跟著上樓，我緊跟在熊老師後面。

才走上二樓，可多樂就在走廊上跑了起來。

「怎、怎麼了？不要跑，學校規定不能在走廊上奔跑。」

熊老師嘴上這麼說，卻也跟著跑了起來。

可多樂很擅長和人類打交道，熊老師也很擅長和貓打交道。可多樂說他「人很好」，就是指這件事嗎？

終於來到走廊盡頭，熊老師擦著汗喘著大氣。

「這不是圖書室嗎？你去圖書室要做什麼？」

可多樂抓著鐵門。

「好，我知道了，馬上幫你開門。」

熊老師從長褲口袋裡拿出一大串鑰匙，從很多鑰匙中找出一把，插進門上的鑰匙孔。

咔喀嚓咔喀嚓。

「不是這一把，那是這把嗎？」

咔喀嚓咔喀嚓。

「不，也不是這一把。所以，是這把？」

咔喀嚓咔喀嚓。

他試了很多次，都找不到可以插進去的鑰匙。可多樂著急的抓著門。

咔喀嚓咔喀嚓，嘎哩嘎哩。咔喀嚓咔喀嚓，嘎哩嘎哩。

除了我們以外，沒有其他人，校舍內響起了清脆的聲音。

喀嗒。

「喔，找到了，找到了！」

他終於找到了圖書室的鑰匙。熊老師打開了門，可多樂不等門完全打開，就衝進圖書室。我也鑽過熊老師的兩腿之間，跟著可多樂跑了進去。

真是大開眼界！這裡的書櫃上放了很多書，教室內班級圖書櫃上的規模根本不能和這裡相提並論，圖書室也比教室大了兩、三倍，還有好幾張大桌子。平時學生都會坐在那裡看書吧！可多樂跳上其中一張桌子四處張望，接著，我也跳了上去，站在可多樂旁邊。

「太厲害了，比書店的書還多。」

「很驚人吧？這裡也有很多你最喜歡看的圖鑑。動物、植物、鳥類、魚類、石頭和星星的圖鑑統統都有，還有交通工具圖鑑喔。」

可多樂環視周圍的書，一臉陶醉。

「那我去找一本鳥的圖鑑。」

我正打算跳下桌子，可多樂踩住我的尾巴。

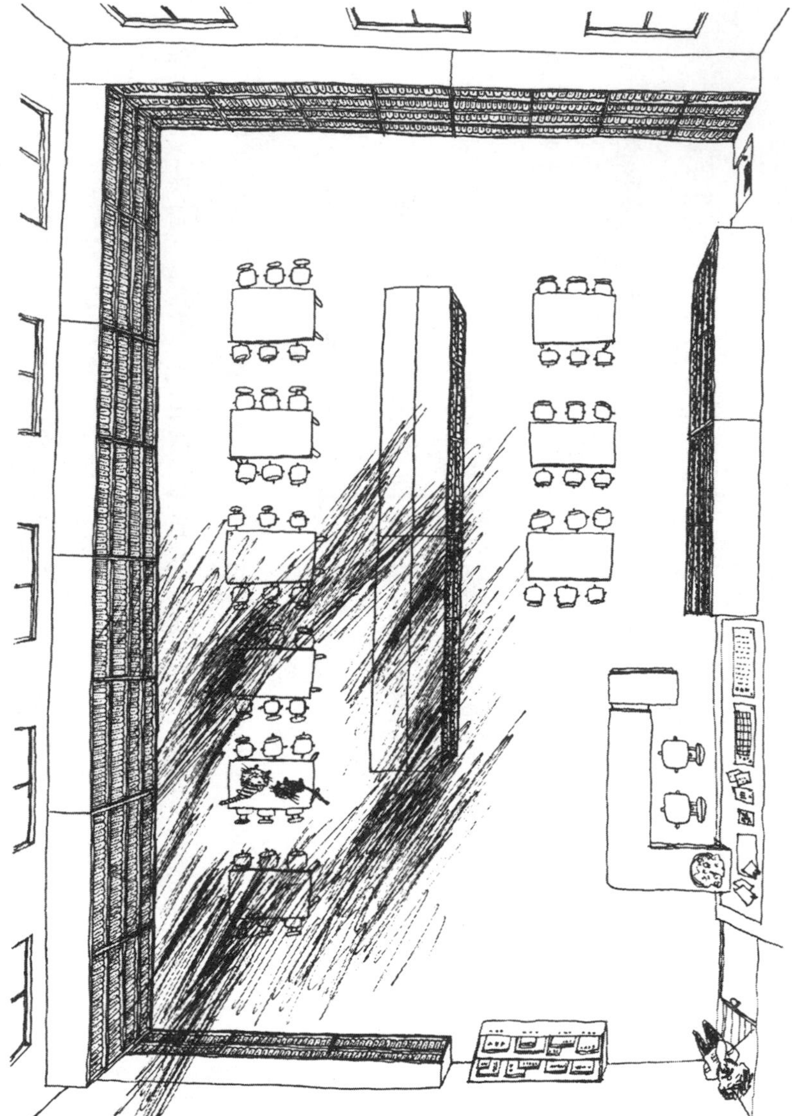

「不行，不行，今天他也在，只能看看就好。」說著，他瞥了一眼熊老師。

「如果我們現在開始看書，他們就會知道，以前是我們把教室裡的書翻亂的。」

我有一種入寶山卻空手而歸的失落感。

「那我們今天來這裡做什麼？」我不滿的問。

「因為你覺得班級圖書櫃就滿足了，所以我帶你來看看更厲害的。這個世界上，還有比這裡更加、更加了不起的地方，叫『圖書館』，整棟房子裡都是書。」

「什麼？用書蓋的房子？」

「不是，是很大的房子裡裝滿了書。」

「是喔！」我只能發出讚嘆的聲音。

「如果你只認得注音符號，即使有再多書，對你來說也沒有任何用處。」

我有點生氣。因為這一陣子，我覺得只要認得注音符號就夠了。因為國字不是都要標上注音嗎？我正在想這個問題，可多樂又開口補充說：

「還有，小魯，前幾天晚上，你不是在戲弄不認得字的米克斯嗎？你不可以那樣。我教你認字，不是讓你去欺侮別人。因為自己會認幾個字，就看不起不認得字的貓，這是不入流的貓才會做的事。有教養的貓不會做這種事。」

可多樂怎麼會知道那天晚上的事？他一定是看到了。

我有點沮喪。

「算了，剛開始，每個人都會想炫耀。走吧！在這裡停留太久會引起懷疑。」

我抬頭看向熊老師，熊老師倚在鐵門上打著呵欠。

「嗚啊，你們貓來圖書室幹麼？我只聽過貓愛柴魚片，從來沒聽過貓愛圖書室。」

「你看，如果貓不求進步，人類就會這麼說我們。」可多樂說完，跳下桌子，朝門的方向走去。

「你們是不是以為二樓也有廚房？吃午餐的時間快到了，我分一點便當給你們。走吧！我們回辦公室。」

我們來到走廊上，熊老師關上門，想要鎖門，但他居然沒有

記住剛才是用哪一把鑰匙，又搞不清楚了，試了一把又一把，
「咔喀嚓咔喀嚓」的響了半天。
我才覺得人類根本不進步。

17

熊窩

暑假期間熊老師經常去學校，有時候只有熊老師一個人，有時候會有其他老師。每天早晨我們在沙坑上完課，就去辦公室張望，熊老師在的時候，就會讓我們進去。辦公室開了冷氣，好涼快、好舒服。熊老師沒來的時候，我們就從小窗戶鑽進教室，等傍晚天氣比較涼快後，才離開學校。

熊老師知道我們會去學

校，就在原本已經很大的便當盒裡裝滿了菜，帶很多食物到學校，吃午飯時，就把便當分給我們吃。吃到小香腸時最開心，因為這陣子吃不到營養午餐的奶油燉肉，平時也沒有機會吃到肉。

熊老師不在的時候，我們必須離開學校找食物。有時候會去那個看起來像巫婆，其實人很親切的老婆婆家，有時候去找魚店的大哥哥，但我們不會去垃圾箱翻找，因為夏天食物容易變質，垃圾箱中的食物很危險。可多樂人面很廣，我也有幾個熟人，填飽肚子不是問題。

熊老師和其他老師聊天時，才知道他其實叫內田老師。

有一天傍晚，我們跟蹤內田老師，想知道他住在哪裡。

離開學校後，內田老師走去商店街，我們遠遠的跟著他。他去了好幾家店，買了不少東西，粗壯的手臂拎著購物袋，往車站的反方向走。

「看來他住在這附近。」

可多樂向我說明：

「如果他搭電車上下班，一定會去車站，而且，也不可能買那麼多東西去搭電車，通常會下了電車後才去買菜。」

內田老師朝河邊走去，來到離商店街有一段距離的菸店附近時，一個年輕女人從菸店探出頭。

「喔喲，老師，今天這麼早就回來了。」

聽到女人的話，內田老師害臊的笑著說：

「哈哈哈，不可能每天都喝啊！」

我覺得納悶，就問可多樂說：

「可多樂，熊老師每天都喝到很晚才回家嗎？他是去河邊喝水嗎？」

「人類怎麼可能去河邊喝水！他們家裡有自來水。他是去喝酒，可能有時候是喝了酒才回家。」

「啊？你是說『鮭魚』嗎？」要把那麼大的魚吞下去嗎？那個老師真的不是人，是熊嗎？上次我看了一本新的動物圖鑑，上面有一張熊吃鮭魚的圖片，那個老師也那樣吃

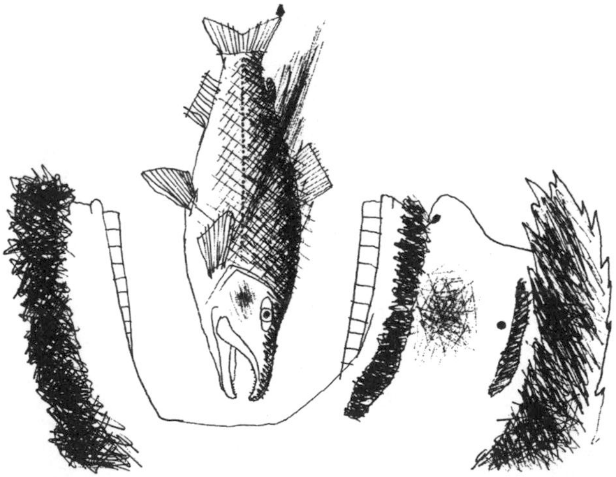

鮭魚嗎？」

「小魯，你真的什麼都不懂，這樣說出去會被人笑死的。人類從學校下班回家，咬一大條魚幹什麼？都是你老是看圖鑑，所以才會這麼想。我剛才說的是酒，不是鮭魚(注)，是人類喝的一種飲料，喝了就會醉。很久以前，我和主人住在一起時，他曾經灌我酒，我覺得不太好喝。」

當我們在聊這些話的時候，內田老師繞到菸店後方，踏上房子外側的鐵梯，走進兩間房子中的一道門。

「哈哈哈，原來熊窩在這裡。」可多樂說。

「原來菸店就是熊窩，是內田的家。」

聽到我自以為幽默的話，可多樂冷冷的看著我說：

「真受不了沒知識的貓。」

我假裝沒有聽到，自顧自的說：

「所以，剛才那個漂亮女人是熊太太嗎？」

可多樂又重複說：

「真受不了沒知識的貓。」

「你什麼意思嘛？一直說我沒知識、沒知識，之前不知道是誰在說，不能因為這種事看不起別人。」

這次我真的生氣了，忍不住反駁他。

「對不起、對不起，因為你在胡說八道，我才忍不住這麼說。小魯，全天下有哪一個太太會對著自己的丈夫說：『喔喲，老師，今天這麼早就回來了。』」

有道理，我忍不住這麼想。

「我猜想，熊老師應該住在二樓。」

可多樂說完，正準備沿著來路走回去，這時，菸店二樓的窗戶突然打開了。

「啊，真熱啊！咦？這不是老大和小黑嗎？你們也會來這裡散步嗎？」

只穿了汗衫和短褲的內田老師從窗戶探出頭，當他光著肩膀時，看起來更像熊了。

我們拔腿就跑，好像做壞事被人發現了。

注：日語中的「酒」和「鮭魚」的發音相同。

18

重大發現

我每天早上都認真學國字，每天大約記十個，寫字的速度也越來越快，而且已經慢慢適應寫字了，即使一次寫很多字，也不會覺得腳痠。

八月中是一年之中最熱的時候，大熊內田老師這陣子每天都去學校，每次看到我們就會說：

「貓真清閒，真羨慕啊！」

他在學校其實也不像很忙

的樣子，不是看看書，就是用手肘撐在桌子上打瞌睡，看起來都沒做什麼重要的事。

人類總覺得貓很清閒，理惠之前也常羨慕我，說什麼我不用去學校上課，也不用做功課。

「我看他來學校不像是來工作的。」

有一次，可多樂在我耳邊說。那時我們剛吃完熊老師分食的便當，我正用舌頭舔著嘴角。

「那他是來這裡吃便當的嗎？」

「……」

可多樂一臉受不了的看著我。

「你又露出這種表情。我知道啦！反正我就是沒知識。」

「這陣子，你每次說一些沒大腦的話，我就在想，可能不是因為沒知識、沒教養的關係。你認字很快，也不像是腦袋不靈光，但我搞不懂為什麼你有時候會說一些沒大腦的話。」

大熊內田老師從剛才就一直在看電視。這一陣子，他整天都在看電視，看很多高中生聚集在一個叫甲子園的地方打棒球。

「我猜想是他家裡沒有冷氣，所以來學校涼快涼快。來學校的話，還有電視可以看。」可多樂自言自語的嘀咕著說。

電視上，一場比賽剛好結束，在下一場比賽開始之前，畫面上出現不知道是哪裡的風景。

「銚子是太平洋沿岸的一座城市，自古以來，漁業……」

畫面上出現了一個很大的水池，完全看不到另一邊。

那就是太平洋嗎？哇，真的很大。接著，鏡頭又拍到漁船和海港，還看到市場內活蹦亂跳的魚。那是帶魚，我曾經在魚類圖鑑上看過。最後，又拍了不知道哪一所學校，學生在操場上打棒球。我剛吃飽飯，這裡也很涼快、很舒服，讓我有點想睡覺，眼皮越來越重。

「接下來為您介紹岐阜商業高中。」

我心不在焉的抬起頭看著電視。

「以長良川的鵜鶘來捕魚而聞名的岐阜市。」

主播說到這裡，我忍不住大叫一聲：

「啊！」

由於我叫得太大聲，把可多樂嚇了一跳，驚訝的看著我。原本正在看電視的大熊內田老師也轉過頭。

「小黑，怎麼了？嚇死人了。」

我的眼睛盯著電視畫面。

電視上出現了從山上拍到的街景。城市中央有一條河，我已經完全無法聽到主播在說什麼。

「可、可多啊嗚樂！」我的舌頭都打結了。

可多樂問我說：

「怎麼了？你為什麼這麼激動？」

他看到我雙眼緊盯著電視，也轉頭看著電視。

「就是那裡，就是那裡，我以前就住在那裡！」

「什麼？」可多樂也難掩驚訝。

「就、就是那裡，有拍到纜車，啊，還有城堡！對、對，絕對沒錯，就是那裡，就是那裡，我以前就住在那裡！」

「吵死了，你先閉嘴，我聽不到電視的聲音。那是哪裡？叫你不要吵，我根本聽不清楚。什麼，歧阜商業高中？小魯，原來你之前住的地方是歧阜。」可多樂點著頭說。

我太開心了，什麼都聽不到，興奮的亂吼亂叫著。可多樂走到電視旁，豎起耳朵仔細聽。

棒球比賽開始了，我以前住的地方從畫面上消失了。可多樂走到我身旁大聲說：

「好，我知道了，小魯，跟我來！」

然後，他衝向辦公室的門，我也跟著跑了過去。熊老師看到我們的樣子，為我們開了門。可多樂走進最近的一間教室，鑽過好幾張課桌，衝到班級圖書櫃旁。

「慘了，沒有。」說著，可多樂又衝出教室。

他在下一間教室也沒有找到他要的東西。

我一邊跑，一邊問他說：

「你在找什麼？」

「地圖，日本地圖。」

「地圖的話，剛才那間教室的牆上就掛著地圖啊！」

「什麼？你幹麼不早說？」

我們立刻跑回牆上掛著地圖的教室，可多樂跳上地圖旁的課桌，跳向地圖的最上方，下一刻，像掛軸一樣的地圖和可多樂一起落了地。

可多樂果然厲害，他雙腳穩穩的著地後說：

「小魯，你壓住那個角落。」

我站在地圖的角落上。

「你看，這裡就是我們目前所在的東京。」

可多樂指著地圖上的某一點說。他之前就告訴過我，所以我早就知道了。

「還有，剛才說是中部，所以是在這一帶吧！這裡是名古屋，這裡是尾張一宮，這裡，在這裡。找到了，這裡就是岐阜。」

可多樂指的地方幾乎位在日本的正中央。

19

期待和失望，再度燃起希望

那天晚上，我翻來覆去睡不著覺，因為我終於知道以前住的城市和地點，終於可以回家了。我想起在小學的班級圖書櫃上看到的交通工具圖鑑，上面有東海道新幹線光明號，從東京到名古屋後，再到大阪，再去更遠的地方。我可以搭那個電車去名古屋，就離岐阜很近了。白天，我和可多樂查了地圖，發現名古屋所在的愛知縣就在岐阜縣隔壁。

「光明號，我可以搭光明號回家。」

我興奮的對可多樂說，但可多樂從剛才就一臉猶豫。

「光明號嗎？我剛才也在想這個方法，但是，真的可行嗎？」

「不可行嗎？有什麼問題嗎？」

躺在我旁邊的可多樂忽然坐了起來。

「小魯，你聽我說，你能夠回去，我當然很高興，只是你走了，我會有點難過。不過，這是兩碼子事。我這麼說，聽起來有點像在潑冷水，所以很難開口。剛才看完地圖後，我想了一下，搭新幹線時，要去東京車站，從這裡出發，到最近的車站去搭電車，至少要再轉兩次電車。如果不是從那個車站搭車，而是去兩公里外的另一個車站搭另一條線，也要換一次電車。因為這一帶屬於東京偏遠地區，無論從哪一個車站搭車，都要換車。然後，在東京車站搭光明號到名古屋，到了名古屋後，你還要改搭前往岐阜的電車。這樣算下來，從頭到尾至少要換三、四趟車，每次換車的時候，你知道該搭哪一班電車嗎？」

「我看得懂簡單的國字，即使車站名字是很難認的國字，只要給我兩、三天的時間，應該可以記住。電車的車頭不是都會寫目的地嗎？」我回答說。

「並不是只有這個問題而已。」可多樂一副有口難言的樣子。

「小魯，你並不打算買車票搭電車吧？況且，通常貓不能搭電車，即使你順利上了車，中途也可能被車掌發現丟下車。世上並不是所有人都是好人。」

「是嗎？你說得對，那我搭貨運列車回家吧！」

「你想到的方法，我也都想過了。即使你順利搭上前往岐阜的貨運列車，貨運列車並不是每站都停，也不會在靠站時廣播『這裡是某某車站』，而且，沒有車頂的貨運列車很危險，有車頂的列車雖然比較不危險，但想要下車時，車門很重，自己根本打不開。」

我的心情越來越沉重。

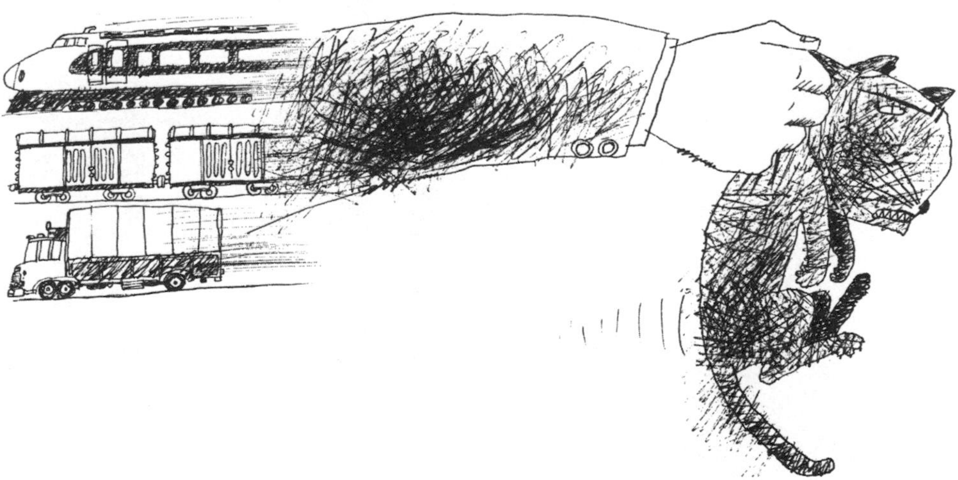

「如果不能搭電車，那就坐貨車。我來東京的時候，也是搭貨車。」

「那你知道哪一輛貨車開往岐阜嗎？你之前搭的是貨運公司的車子，我們也可以去那裡的停車場，偷偷溜進每一輛貨車，尋找要送往岐阜的貨物，躲在那個貨物後面，但沒有人能夠保證中途不會被司機發現。貨車經常會在中途卸貨，你來的時候，剛好搭上了直達車，但並不是所有的貨車都是直達車。況且，這次搞不好不會像上次那麼幸運，遇到一個糊塗司機，完全沒有發現你在車上。」

「那我到底該怎麼辦？好不容易知道了我以前住的城市和地方在哪。」我快哭出來了。

「早知道這樣，不如什麼都不知道，就不會有不切實際的期待，或許比較幸福。」我哭喪著臉說。

「笨蛋！你在胡說什麼？這是『對知識的大不敬』，俗話說『絕望是蠢貓的答案』。」

我聽不懂可多樂在說什麼。

「總之，你不必緊張，現在已經知道地名，也知道所在的位置，早晚會想出好辦法。」可多樂這麼安慰我。

那天晚上，我夢見了理惠。

第二天早晨天還沒亮，我就醒了。轉頭一看，可多樂睡得正香甜。我悄悄起床，走出神社地板下方。昨天充滿期待後又陷入失望，沒想到睡了一覺之後，心情平靜多了。

神社附近正在建造大樓。我剛到東京時，那棟大樓才剛開始建造。現在，鋼筋混凝土結構已經完成了。我爬上還沒有完成的樓梯，來到屋頂。整座城市仍然在昏暗的天空下沉睡。

我抬頭看向岐阜所在的西方，我的家在那遙遠的西方，在數百公里外。

下方傳來叮鈴鈴的聲音，送報的人騎著腳踏車經過。整座城市慢慢醒來。

這時，後方的天空突然變得一片通紅，當我回頭看時，感到一陣刺眼。

太陽出來了。

新的一天開始了。

我忍耐著強光，正視著即將升起的太陽。盯著那個方向看，可以發現太陽漸漸升起，趕走了昏暗的天色。沒錯，沒有人能夠阻止太陽，太陽排除了一切障礙，慢慢升向天空。

我一定能夠回家。這份堅定的決心最重要，絕對不能懷疑自己可能回不了家。我漸漸產生了勇氣，又向西方看了一眼，才走下樓梯。

回到神社時，我看到可多樂坐在門口的石階上，一臉擔心的等我回家。

「你起得真早，剛才去了哪裡？」

「我去大樓的工地。」

「去那裡幹什麼？」

可多樂向來不會問我這種事。

「沒有特別做什麼，只是去看日出。這不重要啦！今天也很熱，我們趕快出門吧！」

聽到我這麼說，可多樂露出狐疑的表情。

「出門？去哪裡？」

「什麼去哪裡？當然是去學校啊！還是說，我們今天不學國字了嗎？」

「喔！對喔！對喔，我都忘了這件事。沒錯，沒錯，要學字，我真是糊塗了，當然要去學國字。」

去學校的途中，可多樂告訴我：

「早晨醒來時，看到你不在，我嚇了一跳，趕緊跑去車站，又去了貨運公司的停車場，都沒有看到你，只好又回來神社，坐在石階上等，終於等到你回來。不瞞你說，看到你以後，我才鬆了一口氣。」

「你以為我回岐阜了嗎？」

「我知道不可能，只是有點擔心。」

「不是說搭電車和貨車都沒辦法回家嗎？」

「是啊！」可多樂有點不好意思的回答。

「那我根本沒辦法回家啊！」

「所以啊！當我在貨運公司的停車場找不到你時，我還以為你打算走路回家呢！」

「可多樂，如果找不到其他方法，我可能真的會走路回家，因為岐阜和東京之間是一整片陸地。可是，即使我打算走路回家，也不可能不告而別。」我假裝生氣的說。

「哈哈哈，你別那麼生氣嘛！我果然想太多了，你怎麼可能不告而別嘛！」

昨天發生了那件事，才讓可多樂為我擔心。雖然我假裝生氣，其實心裡很高興。

沒錯，一旦真的走投無路，就走路回家。我真的打算這麼做，可是並不是現在，我在東京還有沒完成的事。理惠和纜車站的大姐姐可能會惦記我，但那也無可奈何。我還要多學一點字，至少要學到人類小學生讀寫的程度。我估計還需要一年的時間，如果半途而廢，至今為止經歷的一切就等於是白費。反正如果真的沒有其他方法，至少還可以走路。如果一直擔心走路回不到家，就真的回不了家了。只要堅信自己一定能回家，即使有再大的阻礙，也一定能回家。一旦這麼想，我就覺得渾身湧起力量。

在第二學期開學之前，我比以前更用功學國字，在學校的沙坑練字。暑假結束後，再回到神社旁兒童公園的沙坑繼續練習。

20

隨風而來的海報

從九月中旬到月底期間，有兩個颱風陸續報到。第一個颱風威力不是很強，但第二個颱風威力驚人，風呼呼的吹，強風吹來的雨打在神社的屋頂和牆上。

由於神社比馬路稍微高一點，所以我們住的地板下方並沒有泡水，但神社周圍的馬路都積水了，簡直變成了小河。

到了晚上，颱風越來越

強。強風把神社的銀杏樹吹得發出「呼咿——呼咿——」的慘叫聲。突然間，不知道什麼東西被吹了過來，撞在屋頂上，發出「哐啷、哐噹」的聲響，砸壞了屋頂上的瓦片，瓦片掉落在我們面前，變成碎片。

「喔，太可怕了，是不是要趕快去其他地方避難，這裡恐怕也不安全吧？」可多樂說。

即使我知道他是故意嚇我，還是忍不住擔心起來。

「現在恐怕來不及了，周圍的路已經變成小河了，到底該怎麼辦？」

「沒關係，到了緊要關頭，游泳就可以了。你該不會連游泳都不會吧？」

我抖了一下。不要說不會游泳，我甚至沒有踩過水深超過三公分的水窪。

「老實說，我真的不會游泳。」我只好很窩囊的承認。

「什麼？你不會游泳？那就傷腦筋了。」

我這才後悔，早知道除了認字以外，還應該學游泳，小學好像有游泳池。我做夢都沒想到居然會遇到這種事。

「可多樂，你應該很會游吧？」

聽到我的問題，可多樂一臉不屑，好像我問了很蠢的問題。

「你在說什麼啊！我怎麼可能會游泳？我只是想，如果你會的話，可以游出去找一些食物回來給我吃。既然你不會游，那就沒辦法，只能餓肚子到明天早上了。唉，真傷腦筋啊！」

什麼真傷腦筋？他自己也不會游泳啊！況且，即使我會游泳，也不可能在這麼大的風雨中出門找食物。真受不了他！

「傻瓜，我是逗你的。」可多樂笑了起來。

我也覺得肚子餓了。剛才吹過來的都是水桶或是木板，怎麼沒看到切好的鮪魚漂過來呢？最好把整家魚店都吹過來。雖然明知道不可能，但還是忍不住從地板下方探出頭。

這時，有一張溼溼的東西「啪」的一聲，剛好吹到我臉上。我試著用前腳扯掉，但被呼呼吹來的風壓住了，緊緊黏著，怎麼扯也扯不下來。因為黏在臉上，我完全看不清楚是怎麼回事，不一會兒，那張東西就把我整個身體都裹住了。這時我才意識到，好像是被雨淋溼的報紙。

我費了九牛二虎之力，才慌慌張張的鑽回地板下方。

「嗚喂，可答答多拉拉樂，有東、東、東西黏在我、我的臉上。」

「怎麼了？怎麼了？哈哈哈，你怎麼變成這副德性，你這樣亂扯，當然扯不下來。你先別動，我幫你拿下來。哎呀，叫你不要動嘛！」

我被溼紙黏住嘴巴和鼻子，根本沒辦法呼吸，四肢怎麼可能不亂動？

隨著「刷啦」一聲，呼吸突然變得順暢起來。可多樂用爪子把我臉上的紙撕破了，我從撕裂的部分露出腦袋，可多樂看了哈哈大笑。

「哈哈哈，太有意思了，好像穿了雨衣，簡直是前所未見啊！這樣剛好，你可以去雨中散步。」

我舞動四肢，把紙整張撕開，終於脫困了。

「這是什麼？好大的一張紙，好痛好痛，怎麼會有圖釘。」

「可能是哪裡貼的海報被風吹來了，如果你頂著這張海報四處散步，貼海報的人就會覺得『真是幫我做了很好的宣傳』，搞不好會賞你一尾秋刀魚。趕快把這張海報收好，明天好去當活廣告！」

「你居然嘲笑別人的不幸。」我有點生氣。

「什麼？我剛才救了你，你竟恩將仇報，反過來罵我。況且，什麼叫『別人的不幸』？你什麼時候變成人類了？到目前為止，我都不知道你是人類這回事。啊，我太孤陋寡聞了，真是世事多變啊！」

可多樂一直調侃我，因為颱風天不能出門，窩在地板下方悶得慌，就拿我來尋開心。

我越來越生氣，咬住海報的角落，用前腳按住，用力撕成兩半，再從地板下方的縫隙把海報推出去。原本想要用力丟出去，但還來不及丟，一陣風吹來，撕成兩半的海報飛了出去。

黎明的時候，颱風離境。天亮時，天空已經一片晴朗。

「喂，小魯，這種時候可以吃到意想不到的美食，我們趁早出門去享用大餐，不要被其他貓捷足先登了。」

可多樂邊說話，邊走了出去。我伸了一個懶腰起身問他：

「什麼美食？」

「可能會有大鯉魚喔！暴風雨時，水位會增高，某些人家水池裡養的金魚和鯉魚就會溜出來，等到水退了，這些魚就會在路上活蹦亂跳！」

「哦？在哪裡？在哪裡活蹦亂跳？」

「要出門去找才知道啊！你趕快出來！今天的天氣真好，你還在那裡發什麼愣？不然，我先走了！」

可多樂說話的聲音漸漸遠了，他似乎真的打算自己先走。如果不趕快跟上去，就吃不到活蹦亂跳的鯉魚了，我慌忙的從地板下鑽出來。

當我走出來時，可多樂已經不見了。

「喂，你在哪裡？」

我大聲叫著，朝門口的方向走了兩、三步，發現可多樂背對著我，在大門前方的銀杏樹下，仰頭看著什麼。

「你等我一下，我馬上就過去。」說著，我衝了過去。

不過可多樂沒有回頭，繼續仰頭看著樹上。

我跑到他身旁，他仍然抬著頭。

「喂，你看看那個，搞不好你很快就可以回家了。」

我順著可多樂的視線望去，發現銀杏樹最低的樹枝上，掛著一個白色的東西。原來就是昨天那張撕破的海報。

「小魯，你看海報上寫了什麼。」

我張大眼睛看著海報上的字，下一秒，我驚叫起來：

「啊！」

因為我看到了「岐阜」這兩個字。

當然，我並不認得海報上所有的字，比方說，「街」這個字還沒學過，但因為出現在「商店」後面，我猜想應該是「商店街」的「街」。「紅葉」這兩個字我也看不懂，後來可多樂教了我怎麼唸。

「小魯，那張商店街的海報，就是昨天吹到你身上的那張吧？我記得上面那輛遊覽車，因為昨天太晚了，所以沒有看清楚，但我猜應該就是同一張。早知道昨晚應該仔細看上面寫了什麼。而且，你昨天把海報撕成兩半，下面那半張不知道被吹到哪裡去了，這樣就沒辦法了解細節，我們去找下面那半張。」

我們在神社內四處尋找另外半張。上面半張剛好吹到樹上，所以算是很幸運，但下面半張可能就被風吹遠了。

「可多樂，昨晚的風雨很大，不可能在這附近啦！」

這時，我突然想到一件事。

「可多樂，那是不是附近商店街的海報？」

「嗯，我剛好也想到這件事。如果真是那裡的海報，商店街可能還有其他地方也貼了同樣的海報，我們去看看。」

可多樂的話還沒說完，我們已經衝了出去。

我們在商店街從頭找到尾，看了每一家商店的牆壁和圍牆，都沒有找到相同的海報。我們擔心剛才漏看，又來來回回走了好幾遍，還是一無所獲。

「可多樂，我覺得那張海報搞不好不是這裡的，而是其他商店街的。」

「嗯，也有可能，但應該不至於是太遠的地方。昨晚的風那麼大，如果是從遠處吹來的，早就被吹得破破爛爛了。」

我們去了附近的商店街尋找，這附近還有另外兩條商店街，車站另一頭也有一條商店街。我們統統找過了，但都沒有找到。

我們找了一整天，到了傍晚的時候，已經餓昏了，只好回到原來的商店街。來到魚店門口時，魚店的大哥哥叫住了我們。

「喂，你們兩個怎麼垂頭喪氣的？發生什麼事了嗎？」

我們連回答的力氣也沒有。

「怎麼愁眉苦臉的，肚子餓了嗎？今天沒東西可以給你們，不過，既然你們來了，這個就拿去分著吃吧！」

魚店大哥哥從玻璃櫃裡拿出剩下的最後一尾魚，用刀子切成兩半，丟給我們。

「今天只剩下這尾魚，原本打算留著晚上自己吃。算了，給你們吧！」

我們專心吃著秋刀魚。可多樂吃頭的那一半，我吃尾巴的這一半。

「看你們狼吞虎嚥的，吃那麼急，小心卡到喉嚨。你們的感情真好，即使是人類，也很難找到像你們這麼要好的朋友。」

大哥哥莫名其妙的一邊感慨著，一邊蹲下來看我們吃魚。我們吃完後，「喵嗚」叫了一聲向他道謝，就匆匆離開了。

走在路上時，可多樂說：

「肚子餓的時候，果然想不出什麼好主意。我猜繼續找也沒用，剛才吃秋刀魚的時候，我想到一個好主意。那是商店街的海報，米克斯搞不好知道商店街的事。」

沒錯，米克斯是五金行養的貓，他可能知道什麼消息。我們立刻走去五金行的後門。

「喂，米克斯，你在嗎？」可多樂對著二樓的窗戶大叫。

「可多樂，這樣不行啦！米克斯看到你就害怕，你這麼大聲嚷嚷，即使他在家，也不會出來，我來叫他。」說完，我叫著米克斯的名字。

「我在這裡，找我幹麼？」

聲音從身後傳來，米克斯不知道什麼時候站在我們後方。

可多樂轉過頭，突然咆哮起來。

「你這死小子，居然在這裡，既然你在家，幹麼不早一點回答我啊！」

米克斯被可多樂嚇壞了。

「可多樂，你不要罵他啦！」

即使我在一旁勸阻，可多樂仍然破口大罵。

「囉嗦，你閃一邊去，我會讓他如實招供的。喂，死小子，如果你知道什麼事，就給老子一五一十的乖乖說出來，不准有半點隱瞞。如果被老子發現你有所隱瞞，老子饒不了你！」

米克斯嚇得節節後退。

「死小子，你居然想逃？你以為老子會放過你嗎？」

說著說著可多樂蹲下身體，準備撲向米克斯，我立刻擋在米克斯面前。

「可多樂，你別衝動，這樣沒辦法辦事。米克斯根本不知道我們想打聽什麼，即使他想要招供，也完全不知道要招供什麼才好啊！」

米克斯在我身後縮成一團。

「你看，他嚇死了，你為什麼就不能好好說話？你平時說話不是都很客氣嗎？」

「他只對迷路的貓和被主人丟棄的貓客氣，因為他自己被主人丟棄了，所以會同情那些貓。」

米克斯小聲的說，但話還沒說完，可多樂就怒氣沖沖的說：

「死小子，你說什麼？你敢再說一次！我還沒落魄到可以讓你這種毛頭小子在我面前說三道四！」

說完，他就撲向米克斯。我立刻衝過去擋在他們中間，結果，可多樂整個身體撞上來，我被他彈出去，差一點掉進水溝裡。可多樂慌忙跑過來。

「小魯，你、你沒事吧？」

米克斯見狀，想拔腿溜走。可多樂狠狠瞪著他，大吼一聲：

「米克斯，你敢逃的話，我會一輩子都追著你不放！」

米克斯立刻停了下來。

「可多樂，你別再嚇他了，我來跟他說。」

說完，我走向米克斯。

「米克斯，對不起，可多樂今天有點累，所以脾氣比較暴躁，你不要放在心上。」

「我根本不知道是什麼事，叫我招供，我也不知道要招供什麼啊。」

米克斯快哭出來了。

「米克斯，真的很對不起，這是有原因的。」

「我不知道有什麼原因，反正不關我的事。」

米克斯說完，可多樂在一旁插嘴說：

「和你有沒有關係不重要，只要和老子有關，你就必須毫無隱瞞的交代清楚。」

「可多樂，你別插嘴。不好意思，你可不可以先離開一下？你在這裡，米克斯根本不敢說話了。」我用委婉又有點嚴肅的口氣對可多樂說。

「既然你這麼說，那好吧！我先去附近散步。」可多樂有點不高興的說，然後便走向商店街，在街角要轉去商店街之前，仍然頻頻回頭看我們。

「你看，可多樂已經走了，你不用擔心了。真的很對不起，我有事想要問你，但在問你之前，請先聽我說明一下大概的情形，否則，你會搞不清楚狀況。」

我把我終於知道老家在岐阜，以及我很想回家的事全部都告訴了他。

「嗯，我知道了，但這和我有什麼關係？」米克斯納悶的問。

「米克斯，我們看到一張海報寫著商店街要搭遊覽車去旅行，旅行的地點就是岐阜。當然，現在還不知道是不是這裡的商店街，所以想問問，你是不是知道什麼。因為你是五金行的貓，比我們更熟悉商店街的情況。」

米克斯偏著頭想了一下。

「搭遊覽車去旅行嗎？該不會是那個吧！」

「啊？你知道什麼嗎？」我興奮起來。

「我不知道他們是不是要去那個叫岐阜的地方，只聽說他們要搭遊覽車去玩。上次聽到我家老闆和客人在聊這件事，還說海報什麼的。海報不就是宣傳用的那種大貼紙嗎？我們店裡現在沒有貼，其他店應該也還沒有貼，因為大家會在同一個時間貼出來。你是在哪裡看到那張海報的呢？」

「昨天颳颱風時，不知道從哪裡吹來的。」

聽到我的回答，米克斯說：

「搞不好不是這個商店街的海報。商店街的人都很喜歡搭遊覽車去玩，既然每一家店都沒有貼，當然不可能被風吹走。」

米克斯說得很有道理。沒錯，既然沒有貼出來，就不可能被吹走，所以，那應該是其他商店街的海報。但是，這個商店街也要搭遊覽車去旅行，我不能輕易放棄希望。

「那我知道了，米克斯，

海報貼出來時，你可不可以馬上來通知我？」我拜託他。

米克斯一口答應，說：

「沒問題，我一定會去通知你。不過，你叫垃圾虎不要那麼凶，他只要一發火，就不知道會做出什麼事。」

我向米克斯保證，一定會轉告可多樂，叫他下次不要亂發脾氣。臨走時，米克斯對我說：

「還有，我剛才不應該對垃圾虎說那些話，請你也代我向他道歉。我先走了。」

我往剛才可多樂離開的方向走去，剛轉過街角，便發現可多樂坐在那裡等我。

「喂，情況怎麼樣？有沒有問到什麼線索？」可多樂迫不及待的問。

我把剛才米克斯告訴我的事統統告訴了他，當然也沒忘記請他以後不要再凶米克斯，也傳達了米克斯的歉意。

「是嗎？海報還沒有貼出來，當然不可能被吹走。這代表不是這條商店街的海報嘍？一切又回到原點了。可是，等一下，我們一直認定這張海報曾經貼出來，才會得出這樣的結論，但那張海報可能原本是放在哪裡被吹走的，答案就不一樣了。有可能原本放在倉庫或是家裡，後來被吹到戶外了。喂，小魯，你有看到商店街的哪戶人家屋頂被吹走了嗎？」

我好像沒看到，而且，那張海報上有圖釘，所以，原本應該貼在哪裡。可多樂心裡很清楚，但為了不讓我失望，才故意安慰我可能是放在家裡被吹走了。

回神社時，我已經放棄了一半，但還沒有放棄另一半希望。

因為，「絕望是蠢貓的答案」。

21

可多樂的辛酸往事

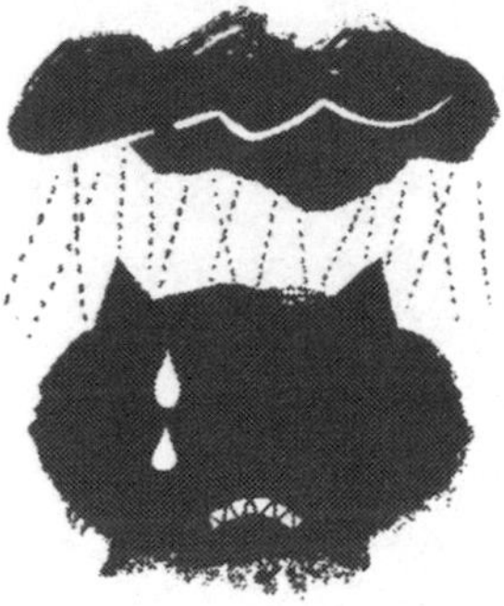

兩天、三天過去，我們像往常一樣，一大早去學校的沙坑練字，結束後就去找食物、散步。就這樣，我們一如往常的過日子。米克斯沒有來通知我任何消息，我們每天都經過商店街，也沒有看到任何地方貼出海報。

有一天早晨，可多樂正在沙坑教我新的字時，我問了可多樂一件事，一件從很久以前，就一直想要知道原因的事。

「可多樂，你對其他貓都很凶，像上次米克斯根本沒有做錯事，你就突然想打他。但是，你對我很好，是因為我迷路來到這裡，所以才同情我，對我特別好嗎？你對其他貓那麼凶，也是有原因的嗎？」

「哪有什麼原因！我之前不是告訴過你，想要生存下去，如果對大家都笑咪咪的，連食物都會被他們搶走。」

「我覺得不是這樣，像上次你想打米克斯，根本不是為了食物啊！」

我繼續追問，可多樂「哼」了一聲，把頭轉到一旁，我只好低頭練字。這時，把頭轉到一旁的可多樂小聲的說：

「不管是貓還是狗，只要是被人類當成寵物養在家裡，過得無憂無慮的傢伙，我都討厭。」

我低著頭說：

「你以前不是也被當成寵物嗎？」

「對，我以前的確是寵物貓，但是，我並不會像他們那麼自私自利。」

「他們？米克斯也是其中之一嗎？」我假裝繼續練字，用像是隨口問問的口吻說。

「米克斯不算，他還算好的。」

這時，我才終於抬起頭問：

「那你說的他們是指誰？」

可多樂沉默不語，凝望著遠方半晌，終於淡淡的說：

「就是我以前結交的那些寵物貓，還有大魔頭。」

我迫不及待想要聽下文，但如果表現出太好奇的樣子，可多樂可能反而不願意說下去。於是，我假裝不是很感興趣的「喔」了一聲。

「我的主人都讓我吃和他相同的食物，他吃的東西都很高級，炸蝦、漢堡，還有牛排，也常常吃壽喜燒，用上等的牛肉蘸蛋汁一起吃。我的盤子裡也有蛋汁，然後他把肉放進我的盤子。你是不是覺得蒟蒻條淡而無味？我告訴你，蘸了蛋汁之後可好吃了。夏天的時候，在簷廊上吹著晚風享受晚餐，簡直是一大享受。這種時候，其他貓來到我家院子時，我家主人也會把肉丟給他們一起吃。反正我該吃的飯沒有少，我也不在意。有時候我吃得太飽，盤子裡還有剩時，他們跑來吃我盤子裡的肉，我也覺得沒關係。所以，在路上遇見他們時，他們都會主動跟我打招呼說：『嗨，虎哥，去散步嗎？下次來我家玩。』」

我不發一語聽著可多樂說話，他沒有看我，繼續說他的故事。

「後來，我的主人離開，我變成了流浪貓。因為沒有人類給我東西吃，我就去找以前經常來我家的那些寵物貓。都怪我

自己太傻太天真了，居然奢望他們分一點食物給我。

沒想到，我變成流浪貓以後，他們就翻臉不認人了，只要一看到我，就露出厭惡的表情，說什麼他們的主人不希望他們和流浪貓來往，或是食物只夠他自己吃，甚至還有寵物貓說：『我是你主人的朋友，又不是你的朋友。』從此之後我便明白要靠自己的實力打天下。

之後只要看到那些寵物貓，我就一肚子火。還有大魔頭那個傢伙，我絕對無法原諒他！我家和他家剛好在隔壁，以前中間只有圍籬而已，現在因為我之前住的房子拆掉了，變成了空地，所以他家建了水泥圍牆。以前他的主人把他養在院子裡，可以四處走動，他經常走到圍籬旁，用鼻子不停發出『哼哈哼哈』的聲音討好我家的主人，騙到不少牛排。等我變成流浪貓之後，只要一經過他家的院子，他就汪汪汪大叫。即使他有吃不完的食物，只要我靠近他的盤子，他就大吼大叫，瞪著眼睛把我趕走。如果他是貓，這種忘恩負義的傢伙我早就收拾他了，但是，他是那麼大的狗，我也只能忍氣吞聲。」

我越聽越生氣，居然有這麼惡劣的狗。就是因為有這種傢伙，所以人類才會看不起貓狗，用「貓狗不如」來罵壞人。

「但是，我說我絕對不能原諒他，並不是因為他對我做的事很過分。」

「難道還有更惡劣的事嗎？」我已經無法假裝沒興趣了，忍不住大聲問道。

「如果只是這麼對我，我咬咬牙就撐過去了，但是，你知道那個混帳傢伙是怎麼說我主人嗎？他以前拚命對我主人拍馬屁，討我主人的歡心，後來居然對我說：『你家主人欠人家的錢不還，連夜逃走了。』還說什麼：『誰知道他到底有沒有去美國，還是美國其實是監獄的意思？』最讓我忍無可忍的，就是他居然說：『你主人給我吃的肉實在太難吃了，他硬要塞給我，我不好意思不吃，但那些肉好臭，我回來之後就吐掉了。』」

說到這裡，可多樂閉上了嘴，眼中充滿憎恨的怒火。不一會兒，他又露出落寞的笑容說：

「所以，我也吃了不少苦。」

然後，他又換了開朗的聲音說：

「因為你流浪到這裡，和我當初的情況很相似，一開始的確是因為同情，所以才照顧你。時間一久，慢慢開始喜歡你，才讓你和我一起住。你總是很開朗，從來不會因為自私而不顧他人的感受。和你在一起，有一種心靈得到淨化的感覺。」說完，他害羞的笑了起來。

這時，正門那裡有人叫我。

「喂，小魯、小魯，魯道夫！」

抬頭一看，原來是米克斯。

22

捷報

米克斯全速衝了過來。看他的樣子，我猜想應該是商店街貼出海報了。他跑到我們面前，喘著大氣說：

「喂，魯道夫，海、海報、海報貼出來了！就在剛才，商店街的每家店都一起貼出來了！」

可多樂走到米克斯面前。

「米克斯，你說什麼？再說一遍。」

米克斯把身體縮成一團，以為可多樂又要對他動粗，但還是重複了一遍。

「我是說，海報貼出來了。」

「是嗎？太好了！米克斯、小魯，我們趕快去看看！」

可多樂話還沒說完，就已經衝了出去，我也急忙道謝：

「米克斯，謝謝你。」

我話一說完，就跟著可多樂跑了出去。這時，跑在前面的可多樂突然停下腳步回過頭。我嚇了一跳，也跟著停下來。可多樂往回走了兩、三步，對米克斯說：

「米克斯，上次是我不好，以後我也想和你做朋友。當然，要先問你願不願意和我做朋友。雖然你天生是寵物貓，但我覺得你很不錯。」

說完，可多樂又跑了起來。當然，我也跟著跑，身後傳來米克斯的聲音。

「垃圾虎，你問我願不願意，我當然願意呀！我之前就一直想和你當朋友。想請你教我怎麼打架，就好像你教魯道夫認字那樣。」

我和可多樂頭也不回的繼續往前跑。

差不多是學生上學的時間了，我們經過學校大門時，有好幾個小學生走在我們前面。由於我們跑得太快了，不光是低年級學生，就連六年級的男生都急忙讓路給我們。

「他們在幹麼？是貓在賽跑嗎？」

後面傳來說話聲，從旁邊竄出來的腳踏車也緊急煞車，發出嘎吱聲。

「哎呀！多危險啊！」

騎腳踏車的人大聲罵道，之後又傳來「鏗鏗鏘」的聲音，應該是騎腳踏車的人失去平衡跌倒了。但我們完全不理會，只是不顧一切的往前衝。只要轉過那個街角就是商店街了。快、快、快！

轉過街角了，藥局的玻璃門出現在我們眼前。

看到了！就是那張海報，太好了！

我們發現了貼在藥局櫥窗上的海報。

「果然是這個商店街的海報。」我說。

「廢話少說，趕快看海報上寫的是什麼！」可多樂目不轉睛的看著海報說。

「十一月二日不就是一個月之後嗎？小魯，太好了，你終於可以回家了！」

可多樂把它當作自己的事一樣，高興不已，我也興奮得說不出話。

「他們包遊覽車去旅遊，所以不用換車，只要找機會偷偷溜上車，就可以直接到岐阜或犬山。我猜應該會先到岐阜。小魯，你不是常去有纜車的地方玩嗎？有纜車的地方都是觀光景點，只要到了那裡，就可以趁機下車溜走。到了那裡，就像是進了你家後院。哈哈哈！小魯，太好了！咦？你怎麼是這種表情？」

可多樂興奮不已，我差一點喜極而泣。如果有人看到我們一

千代田通商店街　抽獎大拍賣
獎品為岐阜・犬山的紅葉和日本線之旅！！
在商店街加盟店購物的民眾，每消費五百元，就可兌換一張抽獎券。
特獎：10組20名遊覽車之旅（兩天一夜旅行）
※11月2日 早上6時30分 商店街南口出發
11月3日 晚上8時 商店街南口解散
★第一獎・5名　咖啡機
★第二獎・10名　最新型按壓式熱水瓶
★第三獎・30名　醬油一瓶
★第四獎・所有人　面紙
★抽獎站：東屋酒莊隔壁
★活動期間：10月5日～10月20日
詳情請洽各店。

個喵喵大叫，另一個吸著鼻子、一副快哭出來的樣子，一定很好奇發生了什麼事。

「離出發只剩下一個月了，我也跟你一起去吧！既然他們包下遊覽車，也不必擔心回程的問題，只要躲在椅子下或是躲進行李堆就好。在商店街的客人去參觀城堡和紅葉時，我可以跟去看看你的理惠。哈哈哈！太好了，太好了，也可以帶米克斯一起去，不然我回程的時候太孤單了。不過，他一定會說不想去，因為他是一隻膽小如鼠的貓，一定會嚷著不願離開這個城市一步。」

可多樂興奮得手舞足蹈，米克斯不知道什麼時候也趕到了。

「我才不想去，即使求我，我也不要再坐遊覽車了。上次坐我們店裡的廂型車出去，害我大暈車，吐得稀里嘩啦的，所以你們兩個自己去就好。」米克斯嘴上雖然這麼說，但也忍不住一臉喜色。

「喂，小魯，你走了以後，我也會覺得很寂寞，但你不在的話，垃圾虎老師教你認字的時間，就可以用來教我怎麼打架了。以後我不能睡懶覺了，學校的沙坑就是我們的教室。啊，真希望你趕快回老家！」

我們都很清楚，米克斯並不是真心想要叫我趕快離開，他也很興奮。看到大家為我的事這麼高興，我覺得自己幸福極了。

之後，我們一次又一次確認了出發日期和地點。

十一月二日清晨六點半，在商店街南口。

絕對不可以忘記。要在出發的前一天晚上等在商店街南口，等遊覽車一到，就找機會溜上車。一旦上了車，我當天就可以回到理惠熟悉的懷抱，好好的向她撒嬌。

我也漸漸興奮起來。

這天上午，我們三隻貓在商店街排著隊走來走去，興奮得大喊大叫，只有經過五金行時悄悄的快步走過去。因為萬一被米克斯的主人發現他和流浪貓交朋友就慘了，走到魚店門口時，就盡情的大聲嚷嚷，似乎要彌補前一刻的壓抑。

23

出發前的準備

出發的日子一天比一天接近。我打算在離開之前，努力多學一點字，所以每天早上都很用功。有時候撿起路邊的報紙來看，發現還有很多不認得的字。如果可多樂在旁邊，可以隨時問他怎麼讀，一旦回去岐阜，就沒有人教我認字了，以前學的字也會忘記。我把我的擔心告訴了可多樂。

「你不必擔心，這個世界

上有很方便的東西。明天早上，我們偷偷溜去教室，我拿給你看，也順便教你怎麼使用。等你學會之後，即使遇到不會的字，也不必傷腦筋。」

第二天早上，天才剛亮，我們就溜進小學教室。可多樂說不能去一年級和二年級的教室，所以，我們去了六年級的教室。

來到班級圖書櫃前，可多樂跳向最上層一本很厚的書。

他第一次跳時，那本書只是稍微往我們的方向偏了一點，可多樂又跳了一次。

那本黃色封面的厚書終於掉了下來，書的封面上有四個字，我只認得第二個字。

「什麼語什麼什麼，這是什麼書？」我問。

可多樂回答：

「這本書是《國語辭典》，當你遇到不懂的詞彙時，可以拿來查詞彙的意思。比方說，你不懂『辭典』是什麼意思，就可以根據辭典的讀音，按照注音符號的排列順序來查。」

可多樂實際查了「辭典」這個詞。

根據「辭典」的讀音找到了這兩個國字後，上面寫著：「蒐集詞彙，按某種順序排列並加以解釋，供人查索參考的工具書。」

「喔，這本書真方便，不知道怎麼寫國字時，就可以根據讀音來查。每個人家裡都有這本書嗎？」

聽到我的問題，可多樂用力點頭，很神氣的說：

「當然有，除了這本書以外，還有叫做《百科全書》的書，但這裡沒有。《百科全書》上寫著世界各地所有的事，也是按照注音符號的順序排列，分成好幾十本，還附有圖片，也許你家也有《百科全書》。只是每一本都裝在盒子裡，而且很重，我們看起來很不方便。」

如果有這種書，我以後就可以自學了。我終於放心了。可多樂似乎看穿了我的心思，又補充說：

「小魯，千萬不能大意，如果覺得隨時都可以學，最後很容易變成什麼都不學了。只有覺得必須趁現在趕快學，才會抓緊時間努力學。當覺得反正什麼時候都可以學，就會一天拖過一天。而且，自學並不像你想像的那麼輕鬆，當初也是主人硬逼著我學才學會的。」

除了認字以外，還有其他事也必須在出發前完成。我必須向曾經幫助過我的人道別，包括像巫婆一樣的老婆婆、學校廚房的大嬸，當然，還有魚店的大哥哥，我還去見了派出所的員警。

雖然我們聽得懂人話，但人類聽不懂貓話，所以，即使我去向他們道別，他們也只覺得我在對他們喵喵叫而已。但沒有關係，我自己的心態最重要，而且，當我離開後，他們就會想起「喔，原來那時候小黑是來向我們道別的」。

最後，我去了大熊內田老師的家。傍晚，我坐在菸店二樓的窗戶下，老師的房間開著燈，我對著他的房間喵喵叫了幾聲。

窗戶嘎啦嘎啦打開了，熊老師探出頭，手上拿著某樣東西。

「喔，這不是老大和小黑嗎？這一陣子都沒有看到你們，我還擔心你們被颱風吹走了呢！我馬上下去，等我一下。」說完，熊老師關上了窗戶。

「可多樂，那個老師手上好像拿著奇怪的東西。」

「那是毛筆吧。」

「毛筆？」

「對，人類寫字和畫畫時用的工具。」

我們在聊天時，熊老師已經下樓來，對我們說：

「你們兩個來得剛好，我工作剛好告一段落，不如來逗一逗貓咪吧！」

又是「不如來逗一逗貓咪」這句，為什麼非要說「不如」這兩個字呢？

「我老家寄來了竹筴魚乾，也分一點給你們。」

我們忍不住「喵嗚，喵嗚」的叫了起來。

「我看看，能不能同時抱兩隻貓。不可以叫喔，房東規定不能讓動物進房間。」說完，大熊內田老師用雙手分別抱起我們。被他抱在手上時，我低頭看他的手，發現他的手上有紅色、綠色各種顏色。老師剛才在房間裡幹什麼？

老師的房間很亂，他把我們重重的放在榻榻米上。周圍貼了很多彩色標籤和很多小管子，還有好幾枝剛才可多樂說的毛筆，是一種前面長了很多毛的木棒。牆邊有一個木框，木框裡有一幅畫到一半的畫。

原來熊老師是畫家。他在學校當老師，回到家裡，就變成畫家了。

熊老師把我們放下後，用力關上了門。因為關門的聲音太大了，我們嚇了一跳，往門的方向看。

這時，我們有了驚人的發現。那裡貼了一張商店街的海報！

我和可多樂互看了一眼。

熊老師發現我們正在看海報，對我們說：

「那是我畫的，怎麼樣？畫得很棒吧？不過，這是印刷的，我畫的那張顏色更漂亮。印刷廠給我之後，我把兩張貼在一起，結果，颱風那天晚上，風把門吹開了，貼在那裡的畫被吹走了，真是太遺憾了。」

原來如此，那張海報吹到了我們那裡，我和可多樂又互看了一眼。熊老師繼續說個不停。

「你們有沒有在商店街看到相同的海報？我是受商店街的委託，幫他們畫的。怎麼樣？畫得很棒吧？」

那天晚上，我們在熊老師家待到很晚。老師正在畫另一幅畫，我們吃著竹筴魚乾，看著老師畫畫。

「改天我來畫你們。」

雖然熊老師這麼說，但我可能無法當他的模特兒了。因為，我很快就要回岐阜了。

24

暗算

還有兩天。後天傍晚，我就可以回家了。想到這裡，嘴角不知不覺上揚了起來。

早晨的時候，我像往常一樣和可多樂去學校的沙坑學寫字時，也在不知不覺中拚命練習「回家」這兩個字。從兩、三天前開始，米克斯也跟著我們到學校，他似乎迫不及待想要可多樂教他打架。他總是坐在我們旁邊插嘴說：

「聽我說、聽我說，小魯，你後天就要回去了，整天讀書也很無聊啊！大家一起來運動一下嘛！」

「米克斯，我送魯道夫回岐阜後，無論你想學什麼，我都可以慢慢教你，只剩下幾天而已。可是，你如果在旁邊搗蛋，即使是魯道夫回岐阜以後，我也什麼都不會教你。還有，說什麼教你打架太難聽了，要說防身術。」

可多樂雖然嘴上這麼說，但似乎也很期待教米克斯防身術。我不知道打架的方法和防身術有什麼不一樣，我問了可多樂，可多樂回答說：

「不管是學防身術，還是學打架的方法，要學的東西都一樣，至於不同的地方嘛，要怎麼說呢？就是精神不一樣。防身術是只有在保護自己的時候使用，對了，米克斯，你也要搞清楚這一點才行。」

「我知道，沒問題！」米克斯回答。

至於他是真知道還是假知道，就真的沒人知道了。

晚上的時候，我去確認了遊覽車的出發地點。其實我對周圍的環境太熟悉了，根本沒必要現在去確認，但我坐不住。

我出門之前，米克斯來找可多樂，之後他們就一起出去了。早上的時候，他們就不知道在偷偷商量什麼，應該就是為了這件事吧！我說要跟他們一起去，可多樂說：

「我和米克斯是要去找以後練習防身術的地方，你就留在家裡吧！」

他堅持不肯帶我去。

雖然去了商店街入口，但也看不出什麼名堂，我很快就回家了，結果可多樂還沒有回來。我很無聊，打算爬去神社屋頂，但現在已經是深秋，晚上很冷。現在是重要時期，千萬不能感冒，所以，我放棄了去屋頂的念頭。

正當我在考慮這些無關緊要的事時，有一隻貓從大門的方向跑來。因為太暗了，看不太清楚，但我知道是米克斯。

看到他跑來的樣子，我有一種不祥的預感。

「喂，小魯，不好了，不好了，出事了！」

果然是米克斯，他一邊跑，一邊大叫著。

「米克斯，怎麼了？發生什麼事了？」米克斯還沒跑到我面前，我就大聲問。

「垃圾虎中計了！」米克斯跑到我面前，喘著大氣回答。

中計？中計是怎麼回事？我還不知道發生了什麼狀況，但臉色已經發白。

「你說可多樂中計，是怎麼中計？」

米克斯雖然聽到我的問題，但他仍然喘不過氣，再加上情緒太激動，無法解釋清楚。

「他和大魔頭對幹，那傢伙用了賤招。」

「對幹？你是說他們打架嗎？」

「對、對呀！」

「那可多樂呢？他在哪裡？」

「在大魔頭家旁邊的空地上，流了很多血，沒辦法走路。小、小魯，怎麼辦？」

「流了很多血，不能走路？笨蛋，你為什麼不早說？」

我拔腿就跑。大魔頭家旁邊的空地，就是可多樂以前住的房子拆掉後的空地。我穿越好幾個籬笆，在狹窄的水泥圍牆上奔跑，過馬路時，也沒空左右確認，就直接衝了過去。

看到空地了！我一邊跑，一邊大喊：

「可多樂、可多樂！你在哪裡？你在哪裡呀？」

我已經到了空地，卻沒看到可多樂的身影。

「可多樂，你在哪裡？可多樂！」

我的聲音在夜空中空虛的回響著。

「汪喔喔！汪、汪、汪喔——」大魔頭在隔壁的院子內得意的吠叫著。

大魔頭，你對可多樂做了什麼？我差一點衝上大魔頭家的圍牆，但隨即想到要先找到可多樂。

「可多樂，是我，魯道夫。你在哪裡？趕快回答我！」

我越來越不安。如果他只是受傷，應該可以回答，難道……

就在這時，跟在我身後的米克斯終於趕到了，他走到水泥圍牆旁。

「小魯，不是那裡，是這裡，在這裡啦！」

我朝米克斯站的位置衝了過去。

可多樂倒在水泥圍牆下。在微微的月光下，我看到可多樂那布滿條紋的身體倒在枯草中。

「可多樂，你怎麼了？」我大聲的問。

可多樂不僅沒有回答，身體也完全沒有動。我把臉貼向趴倒在地的可多樂，靠近他的脖子，隨即發現自己的鼻尖黏黏的。

是血，可多樂的肩膀在流血！我把臉貼在可多樂的背上。

他在動，微弱的呼吸著，太好了，他還活著。

雖然知道他還活著，卻不知道該怎麼幫他。這裡有水泥圍牆，大魔頭不會再衝過來攻擊他，但可多樂的身體那麼大，我們沒辦法把他搬回神社。而且可多樂還在流血，繼續躺在這裡，一定送命。

「怎麼辦？我們該怎麼辦才好？」米克斯問。

怎麼辦？該怎麼辦才好？我們能怎麼辦呢？我們根本沒有辦法……我們……對了！

「米克斯，你在這裡看著可多樂，大魔頭不會跑過來，但可能會有其他流浪狗，我馬上就回來，在我回來之前，請你照顧他。」

「小魯，你要去哪裡？」

我沒有回答，直接衝了出去。這裡離那個像巫婆的老婆婆家最近，我全速衝到老婆婆家。

她不在家。老婆婆家的燈沒有亮。我在木門前扯開嗓子大叫，但沒有人回答。我伸出爪子用力抓門，也沒有人出來。她已經上床睡覺了嗎？我來不及思考，既然這裡不行，只能去找熊老師了。我再度跑了起來。

穿過院子，跳過大油桶。落地時，差一點跌倒。我可以感受到自己奔跑的速度越來越慢，呼吸急促，下巴越抬越高，胸口用力起伏，心臟快從嘴巴裡跳出來了。

快到了，只要轉過那個街角就是菸店，希望老師在家！

我雖然住在神社地板下，卻從來沒有拜託過神明，但這時，我在心裡大叫：

「神明啊！」

老師在家！他家亮著燈。我衝到他的窗戶下，用盡全身的力氣大叫著。

「喵嗚嗚，喵嗚嗚！」

窗前出現了熊老師的身影，窗戶嘎啦嘎啦的打開了。

「怎麼了？怎麼了？」熊老師探頭看著地上，四處張望著。

「喵嗚嗚，是我，我是小黑，喵嗚嗚——」

熊老師似乎看不到我。我從來沒有像這一刻為自己是一隻黑貓而感到懊惱，四周黑漆漆的，我渾身又都是黑色，老師當然看不見我。

我走到亮著燈光的香菸自動販賣機下方。

「喔，原來是小黑。發生什麼事了？為什麼大吼大叫的？」

我像發瘋似的大叫：

「喵嗚嗚，喵喵，喵嗚嗚！」

希望老師趕快察覺情況不對勁。

「喵嗚嗚，喵嗚嗚！」

「怎麼了？你和平時不一樣，好像不太對勁，等等，我、我馬上下去。」

太好了，熊老師發現我不對勁了。

熊老師慌忙走下樓梯。

我決定嘗試之前可多樂在學校辦公室走廊上使用的方法。老師走過來了，我向前走了幾步，老師又走到我身旁，我再度往前走幾步。一次又一次的這麼做。

「喔？你又想帶我去哪裡？上次你們也用這種方法帶我去圖書室不知道幹什麼。」

我確定熊老師會跟上來後，拔腿跑了起來。這次必須從大馬路走，不能鑽過籬笆，也不能穿越別人家的院子，否則，熊老師就沒辦法追上來。我不時回頭，確認熊老師有跟在我身後。我們很快就到了，我已經看到空地了。米克斯站在空地前的馬路上，他看到我後跑了過來。

「喂，小魯，你怎麼去了那麼久？你跑去哪裡了？」

他似乎看到有人在我身後，立刻跳上圍牆。我來到圍牆下，他問我：

「怎、怎麼回事？有個怪怪的大叔追過來了。哎呀，這不是學校的老師嗎？他有時候會來我們店裡。」

我來不及向米克斯解釋，直接走到倒在地上的可多樂身旁，用力大叫起來。

「喵嗚嗚！」

熊老師趕到了空地。

「小黑，怎麼了？那裡有什麼東西嗎？」說著，他低頭看向我的腳下。

「喔喲喲喲，這不是老大嗎？他、他怎麼了？」

熊老師蹲了下來，用手摸了摸可多樂的胸口。

「他還活著，雖然流了很多血，但還活著。」熊老師說著，用雙手把可多樂抱了起來，走到路燈下。

「傷得很嚴重，看來是狗，是被狗咬的。嗯嗯，要找醫生來看，我沒辦法救他。好！」

熊老師打算怎麼做？

老師突然跑了起來。

這一次，換我追著老師跑，當然，米克斯也跟在後面。老師抱著可多樂，一直往車站的方向跑去，我們緊追在熊老師後頭。

「讓一讓，讓一讓！」

熊老師跑得很快，沿途對行人大叫著。

來到車站前，熊老師在車站前那條路右轉，沿著鐵路跑了起來。前方的黑暗中，有一塊看板還亮著燈，上面寫著：

「**家庭寵物醫院**」

看板上除了貓和狗的圖案以外，還寫了這幾個字。

跑在我身旁的米克斯說：

「喔，原來要帶他去看獸醫。」

熊老師抱著可多樂，走進亮著燈的醫院。我和米克斯趕到門口時，門在我們面前關上了。我們在門外用力大叫，希望有人為我們開門。

熊老師探出頭罵我們：

「你們不要吵。你們在這裡大喊大叫，獸醫會分心，原本可以救活的也救不活了！」

我們只好靜靜的等在門口。

「米克斯，到底發生了什麼事？為什麼會這樣？」

「因為你後天就要回家了，垃圾虎說，今天無論如何，都要請你吃一頓大餐。」

「為什麼請我吃大餐會受傷？」

聽到我這麼問，米克斯告訴我晚上發生的事。

「你這一陣子不是都沒有吃肉嗎？放暑假後，你們就吃不到學校營養午餐的奶油燉肉。今天早上，垃圾虎問我，哪裡可以找到肉。我家都只給我吃魚，所以我也沒有肉。我想了一下，想起大魔頭那傢伙有時候會吃高級牛肉，就對他說：『去找大魔頭的話，應該就有了。』現在想起來，全都怪我太多嘴了。晚上的時候，我和垃圾虎決定去找大魔頭，所以騙你說，要去找練防身術的地方。我們並不是想去偷大魔頭的肉，垃圾虎只是想拜託他，把吃剩的肉分一點給我們，即使只有你的份也好。」

說到這裡，米克斯嘆了一口氣。我沒有說話，他垂下眼睛，繼續說道：

「我並不是因為發生了這種事才這麼說，其實，我勸過垃圾虎打消這個念頭。因為垃圾虎討厭大魔頭，我覺得沒必要為了一塊肉就向大魔頭低頭。」

米克斯看著我，似乎在尋求我的認同。

「垃圾虎聽我這麼說，還是堅持說，你要回家了，如果不為你餞行，他面子上掛不住。只要他忍一忍，向大魔頭低頭，大魔頭搞不好願意分我們一點肉。他還再三叮嚀我，無論發生任何事，都一定要瞞著你。」

這時，醫院門內傳來「哐噹」的聲音。好像有什麼金屬東西掉在地上。我抬頭看著門，豎起耳朵。米克斯似乎也聽到了，緊張的看著我。

但門內再度安靜下來，沒有其他的聲音。於是，米克斯又繼續往下說：

「所以，我們就一起去找大魔頭。我們站在水泥圍牆上，看大魔頭到底在哪裡。大魔頭家院子裡不是有一個水池嗎？水池旁是草叢，他就躺在草叢後面睡覺。你知道他躲在那裡幹什麼嗎？他在等其他不知情的貓跑去喝水。我以前曾上過他的當，所以很清楚，只要貓一靠近，他就會突然衝出來，把貓推下水池。雖然是院子裡的水池，但他家的水池很深，一旦被推下去，恐怕會當場溺死。我那次差一點沒命，好不容易才逃過他的魔爪。啊，這種事不重要。總之，大魔頭那個傢伙躲在水池旁的草叢裡。垃圾虎就叫他：

『喂，大魔頭，我有一件事想請你幫忙。』

結果，你知道那傢伙說什麼嗎？」

說到這裡，米克斯停了下來，雙眼冒著怒火，嘴巴微微顫抖著。接著，他忿忿的說：

「大魔頭說：『原來是乞丐貓，還有五金行的鐵絲貓也在啊。你們要拜託我什麼事？今天晚上我心情超好的，搞不好願意成全你們。』」

米克斯沉默不語，我也不說話。

一輛車子經過我們面前，車頭燈很刺眼。我默默的在心中默唸那輛車的車牌，只是當時我並不知道自己為什麼那麼做。

「足立58……」

可多樂之前教過我唸「足立」那兩個字，並不是唸「阻立」，也不唸「促立」，而是唸「足立」。當我回想起這些事，突然很擔心可多樂會不會死掉。

我用力甩甩頭，想甩開這種想法。

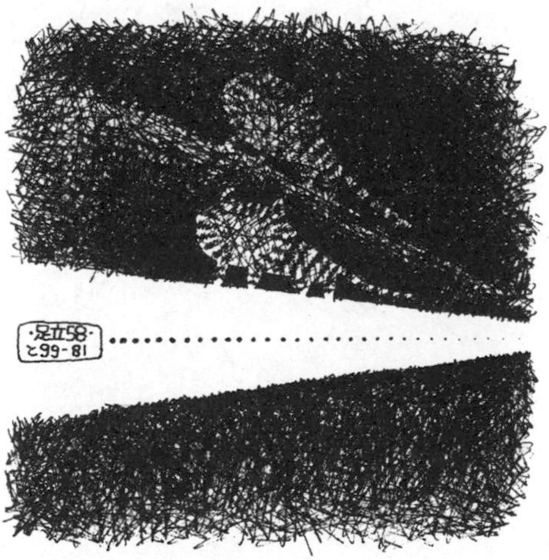

米克斯放慢了說話的速度，再度開口說了起來：

「我在垃圾虎旁，可以感受到他很生氣，但他似乎決定忍氣吞聲。垃圾虎說：『我太落魄，現在真的變成乞丐了，最近我太想吃牛肉，不好意思，可不可以請你分我一塊？』

大魔頭居然說：『我家的牛肉最棒了，和你之前那個連夜逃跑的主人吃的不一樣。好啊，我可以分你，但是，我當然不能白白給你。乞丐貓，你要把戲給我看。』

垃圾虎當時應該火冒三丈。我站在垃圾虎旁邊，可以清楚的感受到，但是垃圾虎還是回答說：

『只要是我會的把戲都沒問題，要不要倒立？』」

米克斯說不下去了，我看著他的眼睛，示意他說下去。

「垃圾虎一定很想請你吃牛肉，沒想到大魔頭得寸進尺，竟然對他說：

『你的倒立好玩個屁！怎麼樣？你過來這裡，和那個鐵絲貓一起過來，你們來這裡跳狐步舞給我看，那我就把吃剩的肉統統給你。』

垃圾虎瞥了我一眼，小聲的問：

『米克斯，我會一輩子感激你的。不好意思，可不可以請你和我一起跳？』

看到垃圾虎這麼賣力，我當然不能說不願意，於是我問他：

『我無所謂，你真的要跳嗎？』

垃圾虎默不作聲，只對我點點頭，他的雙眼發亮……

於是，垃圾虎跳到院子內，我也跟著他跳了下去。雖然我嚇壞了，但垃圾虎毫不畏懼，他走到大魔頭面前問：

『要跳什麼舞？』

那個壞蛋居然說：

『嗯，那你就肚子朝上，跳滾地舞吧！』

垃圾虎一定察覺到有危險了，他說：

『那我自己跳會跳得比較好，米克斯在這裡會礙手礙腳，反而跳不好。』

然後，他示意我站到遠處。

我那時手足無措，不知道該怎麼辦，只聽到大魔頭命令說：

『對，鐵絲貓在這裡的確會礙事，你也不方便跳。鐵絲貓，你閃一邊去。』

我看向垃圾虎，垃圾虎也對我點點頭，我決定在水泥圍牆上等待。我才不想看垃圾虎跳什麼滾地舞，但我當時覺得必須在一旁看著。

我站在圍牆上看，垃圾虎在大魔頭面前躺下來，露出肚子。垃圾虎在地上滾了一、兩次，大魔頭突然衝過去咬垃圾虎的肚子，垃圾虎立刻往旁邊閃，卻還是慢了一步。幸好垃圾虎反應快，身體轉了半圈，沒有被咬到肚子。如果被咬到肚子，馬上就沒命了。結果，你剛才也看到了，他還是被咬到了肩膀。那個卑鄙的傢伙咬住垃圾虎的背，把垃圾虎用力甩了出去。垃圾虎的身體飛到五公尺外，越過圍牆，掉在剛才你看到垃圾虎躺著的地

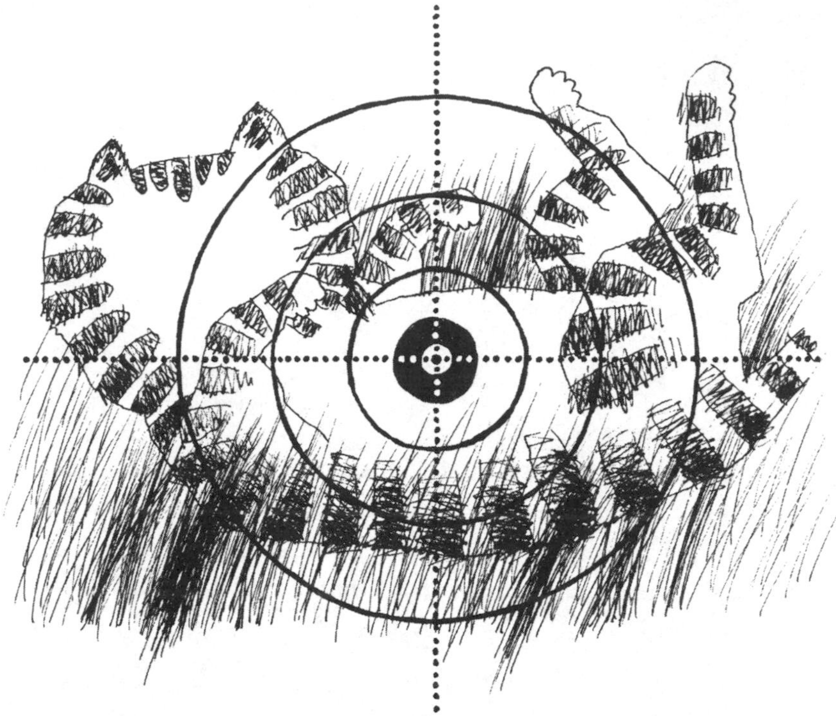

方。我慌忙跑去垃圾虎身旁，才發現他的呼吸變得很微弱，我嚇得趕緊去找你。」

雖然我不想聽這些事，卻豎起耳朵聽得很仔細。我無法說出半個字，內心強烈的痛楚讓我的臉脹得通紅，眼淚不停的流。

米克斯說完後不發一語，我也沒有吭氣。不知道過了多久，醫院的門打開了，大熊老師走出來，抱著綁了很多繃帶的可多樂。

「你們還在這裡？放心吧！沒事了，不過，要休養兩週。」

那天晚上，大熊內田老師帶可多樂回去自己的家，我和米克斯也跟著一起去。來到菸店門口時，老師說：

「喂，你們也要來我家嗎？沒想到貓這麼重視友情，人類也自嘆不如啊！」

25

出發的早晨

大熊老師睡得鼾聲如雷。我和米克斯則是整夜沒睡，一直坐在可多樂旁邊。我們一句話也沒說，可多樂睡得昏昏沉沉，我們在旁邊等他醒來。雖然有時候很不安，很擔心他永遠不會醒來，卻不敢把這份不安說出口。

黎明時分，可多樂一度微微張開眼，但我還來不及叫他，他又閉上了眼睛。

不久後，大熊老師起床了，看到我們坐著不動，佩服的說：

「你們從昨天晚上就一直是這個姿勢，一整晚都沒有睡覺嗎？看來不能小看貓喔！」

老師洗完臉、刷完牙後對我們說：

「我要去學校了，你們可以留在這裡，但不能隨地亂尿尿。我會幫你們把門打開一條縫，反正家裡沒什麼東西可偷的，即使小偷進來也不怕。」

他在門口窸窸窣窣的拖了一陣子才出門，之後，我去門口看了一下，發現他把報紙摺起來，夾在門和地板之間，讓門敞開一條縫。

中午的時候，老師帶著貓罐頭回來了一趟。

老師打開罐頭，把裡面的食物裝在盤子裡，然後又走了。

不久之後，可多樂再度微微張開眼睛，我們把臉湊到他面前。起初，他用失焦的雙眼茫然的看著我們，等眼睛漸漸有神後，終於開口問：

「這裡是哪裡？我怎麼會在這裡？」

「哇，你終於醒了。是我，我是小魯，米克斯也在這裡。」

可多樂點了點頭。

「是嗎？我給你們添麻煩了，對不起，我還要再睡一下。」

說完，他又睡著了，呼吸也變得和平時沒什麼兩樣。

可多樂沒事了。想到這裡，我突然覺得很累，意識也越來越不清楚。

我聽到說話聲，聲音很遠，不確定誰在說話。

「喂，你沒有告訴小魯吧？」

他們好像在談論我。

「他明天就要回家了，不要讓他為這種事煩惱。」

傍晚，大熊老師帶著穿了白袍的獸醫一起回家。獸醫為可多樂換了繃帶，連聲說：

「沒問題了、沒問題了。」

獸醫離開後，大熊老師也跟著出去。米克斯說要先回家一趟，可多樂雖然還不太能活動，但已經可以說話了。

「小魯，發生這種事真不好意思，我不能和你一起去岐阜了，你一個人能回家嗎？」

我沒有說話，只是點頭。

「米克斯有沒有告訴你什麼？」

我急中生智說了謊：

「他說你被車子撞到了。」

我也不知道自己為什麼要說謊，可能想起了剛才在夢中聽到的對話。

「對呀，我真是太冒失了，我想過馬路，卻沒有發現大貨車，哈哈哈！」

我低下了頭，因為我的眼淚快要流下來了。

米克斯很快就回來了，我們一起閒聊著無關緊要的事。天黑了，大熊老師仍然沒有回來，我說：

「老師怎麼還沒回來？」

「先不管老師有沒有回來，小魯，你不是該做準備了嗎？我已經沒事了，反正有老師照顧我，米克斯也會陪我，你不必為這種瑣事擔心，差不多該準備走了。」可多樂對我說。

「遊覽車明天早上才出發，現在去也沒用。」

可多樂點點頭，似乎覺得我說得有道理。

夜深了，老師還是沒有回家。

「喂，小魯，你該出發了。遊覽車早上六點半就要出發，你要提早去那裡了解情況，才能找機會溜上車啊！」可多樂滿臉擔心的說。

「還早啦！」我回答。

遠處傳來公雞的叫聲。老師還是沒有回來，他去哪裡？在幹什麼呢？

「魯道夫，喂，小魯，你真的該走了。」

「還來得及，可多樂，你睡吧！別管我。我看時間差不多就會過去。」

「現在時間就差不多了，如果再不走，就趕不上遊覽車了。」

「沒問題啦。」

「笨蛋，怎麼會沒問題？喂，米克斯，你帶他去坐遊覽車。」

米克斯也催促我：

「你真的差不多該走了，我送你去。」

「對呀，小魯，你快去吧！如果不想讓我擔心，就趕快去搭車吧！」

可多樂終於忍不住大聲咆哮，我這才站了起來。

「可多樂，感謝你這段時間照顧我。」

我說話時沒有看可多樂的臉，雖然還有很多話想說，卻說不出來。

可多樂也把頭轉到一旁。

「米克斯，你要送他到那裡喔！」

米克斯先走了出去，接著，我也走出老師的房間。我想，這是我和可多樂最後一次活著見面了吧！

下樓梯後，換我走在米克斯的前面。

26

四十七武士

天還沒有亮。想到我可能再也見不到可多樂，見不到理惠，也見不到纜車站的大姐，忍不住有點難過。但是，我內心的憤怒比難過強烈好幾千倍。

「喂，小魯，不是那裡，你走錯路了啦。」

身後傳來米克斯的聲音。

「小魯，商店街的入口不是要走這裡嗎？」

我不理會他，繼續往前走。

「喂，小魯……哎呀，我知道了，你果然打算動手。」

我回頭對他說：

「米克斯，六點半過後，你回去可多樂那裡，告訴他我上了遊覽車。」

米克斯沒有回答，默默跟在我身後。只要再走五分鐘，就可以到那片空地。

「魯道夫，讓我幫你吧！」

這次輪到我不回答。

「垃圾虎受了重傷，我卻好好的，我真的感到很愧疚。」

我們默默走著，誰都沒有說話。水泥圍牆就在前方。

我們終於來到圍牆下方。

「那就準備作戰吧！」

聽到我這麼說，米克斯吞了口水，點了點頭。

我們跳上圍牆。

「在那裡，他在那個窗戶下面。」

米克斯小聲對我說。仔細一看，大魔頭正在遠處主屋的屋簷下睡覺。

「米克斯，我已經想好要怎麼動手了，希望你聽我的。在我吸引他跑來跑去時，你悄悄躲進水池旁的草叢裡，聽到我大聲喊：『就是現在！』的時候，你盡可能大叫，用力跳起來，這樣就可以了。

如果我中途被他攻擊，你就趕快逃吧！如果連你也被攻擊，就沒有人回去報信了。可多樂會擔心，不光是擔心，他可能會猜到發生了什麼事，一定會帶著負傷的身體找大魔頭算帳。到時候，我們三個都被那傢伙打敗，就會被人笑死。

如果我遭到攻擊，你就悄悄離開，告訴可多樂，我回岐阜了。如果你不答應我，我不會讓你一起參加，我就自己去找大魔頭。你能答應嗎？」

米克斯只說了一句：

「我知道了。」

「好，米克斯，那你繞去圍牆的那一側。」

目送米克斯沿著圍牆走到樹旁躲了起來後，我大聲叫著：

「喂，大魔頭，上次來向你要牛肉，今天是來要你的肉！」

大魔頭醒了，倏的跳了起來望向這裡。天還沒有亮，平時這個時候，我的黑色身體對我比較有利，但現在我必須讓大魔頭看到我的身體。大魔頭還是沒有看到我，我故意沿著圍牆，走到路燈可以照到的位置。

「喂，大魔頭，你太卑鄙無恥了，你即使和貓打架，也只能用暗算的賤招嗎？」我再度大聲說道。

大魔頭似乎發現了我，他猛然衝了過來。

「汪喔、汪喔、汪喔嗚！」

他一邊吠叫，一邊跑了過來，當他跑到圍牆下時，我縱身用力一跳，跳到院子裡。大魔頭一轉身，朝我撲了過來。

我等了一秒。

大魔頭在距離我兩公尺的地方跳了起來，張開大嘴撲向我。

我沒有往後逃，而是往前衝，打算從大魔頭身體下方鑽過去。大魔頭被我的意外舉動嚇了一跳，但仍然想要改變方向，結果卻無法順利落地。真希望他落地時扭到腳，這是我唯一的拿手絕技，如果他沒有扭到腳，之後就沒戲唱了。即使我爬上旁邊的樹，也會被他追上，逃不出他的魔爪。

我把身體轉向大魔頭。

剛才在翻身時跌倒的大魔頭想要站起來，他直起身體，但身體往前衝了一下。

太好了，成功了！他扭到腳了。這麼一來，他跑的速度就會變得和我差不多，甚至可能比我更慢，要看他前腿扭傷的情況嚴不嚴重。

我背對著大魔頭跑了起來。

「汪喔、汪喔、汪喔！」

大魔頭的吠叫聲漸漸變遠了。我在院子裡跑來跑去，調整速度，故意讓大魔頭覺得快要追上我了。

米克斯已經躲進草叢了嗎？我不知道自己和大魔頭糾纏了多久時間，米克斯應該躲好了吧！

差不多是時候了。我回頭看了一眼，故意縮短和大魔頭之間的距離，然後一個箭步朝水池衝過去。

這個水池很大，如果我直直的跳，無法跳到水池的另一端，會掉進水池裡，但如果在水池前改變方向，那傢伙就不會上當。我必須要盡可能保持直線，以長長的弧線跳過圓形的水池，才能不掉下去。

離水池只剩下一公尺了，水池旁的燈光照亮了水面，水面泛著波光，一片黃色的銀杏葉浮在水面上。

再等一下，現在還不能跳，必須跑到水池邊才可以。

我的前腳只差一步就碰到水池邊緣了。就是現在！我微微向左偏，將全身的力氣都用在後腿上。

跳！

我伸直整個身體，把自己變成一支箭。

我的鼻子可以感受到水面上方的空氣比泥土上更冷、更溼。

在身體跳到最高處前的剎那，我大叫：

「就是現在！」

那一刻，大魔頭已經追到池邊，準備跳起來。

「喵嗚嗚！」

米克斯大叫一聲，從右側的草叢中跳了出來。大魔頭看向米克斯，身體微微轉了方向。大魔頭這一轉頭，注定了他的失敗。因為在跳躍的時候，臉必須永遠朝向跳躍的方向，這是跳躍的基本原則。

大魔頭果然在空中失去了平衡。

撲通一聲，他龐大的身體消失在水池中。

「米克斯，他浮出水面時，絕對不能讓他上岸，不管是他的腳還是他的耳朵，反正看到哪裡就咬下去，用力抓他。」

米克斯在水池的另一端回答：

「好！」

不一會兒，大魔頭的臉從水池中央浮了出來，朝我這裡游過來。當他把前腳搭在水池邊緣的石頭上時，我用盡全身力氣咬了下去。

「呃啊！」

大魔頭發出一聲慘叫，消失在水中。不一會兒，他溼透的臉又浮出水面。這一次，他游到水池的另一端。

他在水池對面再度發出了「呃啊！」的慘叫聲。米克斯像我一樣收拾了他。我們一次又一次的攻擊他。最後，大魔頭終於放棄，在水池中央一下子浮起，一下子沉下去，叫得很悽慘。

「喂！啊噗噗，救、救命——」

米克斯在對岸大叫：

「你這個混蛋，叫什麼救命！你自己想一想，你有資格要求別人救你嗎？」

「汪噗噗，你們是來為虎哥報仇的嗎？」

「沒錯，你自己想一想對我們的朋友做了什麼，就不會有臉求救了。」這一次，我大聲回答他。

「求求你們救我一命，嗚汪噗，我快要淹死了。」

「很好，那就沉下去吧！你這種壞蛋最好趕快淹死！」

米克斯還沒有說完，大魔頭的頭又沉入了水裡。在沉入的前

一刻，在他項圈上面的金屬閃了一下。

這時，我突然想起可多樂和流浪狗打架的事。那隻流浪狗也戴了項圈嗎？為什麼狗要戴項圈，有時候在街上看到狗和人類一起散步，他們都戴著項圈，連著一條鎖鏈或是繩子。

流浪狗沒有項圈，我也沒有，米克斯雖然是寵物貓，但也沒有項圈……

我似乎有點了解為什麼大魔頭視我們為仇敵的心情。

「混蛋，那你是不是能保證以後再也不欺侮貓了？如果你向我們保證，就饒你一命。」

雖然這不是我的本意，但我很自然的脫口而出。

米克斯看著我。他的眼神似乎在問：「魯道夫，他把垃圾虎整得那麼慘，你還要救他？」

但是，我認為已經教訓過他了，況且，可多樂也沒有死。

「不光是這樣，你以後也要把吃剩的食物分給貓，聽到了沒有？」我又說。

不一會兒，傳來大魔頭的聲音。

「好，啊噗噗，我什麼都答應，也會把食物分給你們。求求你們，不要再咬我了，讓我上去。」
我沒有說話，大魔頭游了過來。
「雖然我希望你淹死，但我朋友說要救你，所以我就放你一馬，你要心存感激。」米克斯對著大魔頭的背影咆哮。
大魔頭用前腳抓住水池邊緣，正準備爬上來時，我對他說：
「你要永遠記住被咬有多痛！」
然後，我用盡全身的力氣，對著他的耳朵咬了下去。
米克斯不知道什麼時候跑到我身旁。我們澈底勝利了。渾身溼透的大魔頭趴在池邊，下半身泡在水裡喘著大氣。他的耳朵耷拉在臉上，我咬過的地方淌著血。
對了，要趁現在說那句話。可是當我想到時，卻被米克斯搶先一步說了。

「你這個中看不中用的傢伙，別再讓我看到你，下次我會把你的兩隻耳朵都撕爛，把你的臉抓成哆啦A夢，你給我記清楚了！」

天空微微泛著紅光，我和米克斯跳到圍牆上，轉身離開了。

「太好了，我們是貓界忠臣藏。」米克斯說。

我以前也聽可多樂說過，《忠臣藏》是一個描寫四十七名武士為主人復仇的故事。

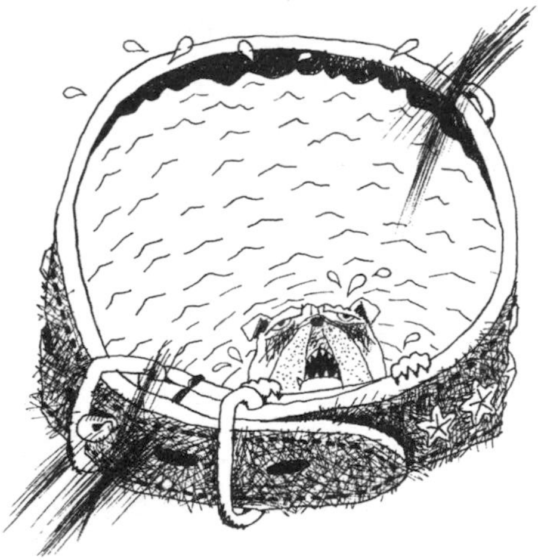

「沒錯，要趕快回去向可多樂報告。」

說完，我們跑向菸店。

「等一下，小魯，遊覽車快要出發了，你時間來不及了。」

米克斯在我背後喊著，我回頭告訴他：

「你在說什麼啊！從看到可多樂受傷的那一刻起，我就沒打算搭遊覽車回家。如果我想回去，隨時可以走路回家，而且，以後一定還會有遊覽車旅行團，沒必要急著現在回去。我還想在這裡多學點東西呢！」

我們快步趕回去向可多樂報告。

紅色的天空一下子明亮起來，朝陽溫暖了我們的背。

讀書會

魯道夫因緣際會由寵物貓變成了流浪貓，
他跟著可多樂一起流浪，
學習身為一隻流浪貓該有的行為和教養，
可多樂給了他什麼啟發呢？

流浪貓的七件事

新手流浪貓上路，該如何在險惡的江湖道上求生存？讓魯道夫的流浪導師，貓老大告訴你身為流浪貓的七件事。

請問貓老大……

Q1
可多樂擁有許多名字：阿虎、老大、大胖、阿偷，這麼多名字代表他擁有許多人類朋友。和人類交往有什麼好處？

Q2
可多樂對其他貓總是沒好氣，說話大聲嚷嚷，嚇得大家敬而遠之，為什麼他要這樣？

Q3
魯道夫問可多樂以前是不是寵物貓，可多樂不想回答，這時魯道夫想起了自己的過去，難過起來，也因此體悟到一個道理，這個道理是什麼？

Q4
魯道夫跟隨著可多樂到處吃香喝辣，過得暢快不已，他們是怎麼辦到的？有什麼祕訣？

Q5
寵物貓生病了，主人會帶牠們去看醫生，流浪貓可沒這等福利，所以流浪貓的首要戒律是什麼？

Q6
魯道夫跟著可多樂學習認字寫字，在一次和米克斯的打鬧中，用文字戲謔了他，後來怎麼被可多樂訓斥？

Q7
魯道夫好不容易知道了故鄉的地名，卻發現回家的路途困難重重，而感到絕望起來，可多樂為了勉勵他，說了什麼？

貓老大這樣說……

A1 十戒健康為先；留得青山在，不怕沒柴燒。

A2 乞食切勿貪，關乎臉皮厚與薄！

A3 非禮勿問，其教養也！

A4 總是笑臉迎人，小心食物、地盤皆不保！

A5 「絕望」是蠢貓的答案。

A6 假認字之名行欺侮之實，非入流也！

A7 不想吃發臭的魚？和人類交朋友是王道！

Q1 → A7/Q2 → A4
Q3 → A3/Q4 → A2
Q5 → A1/Q6 → A6
Q7 → A5

後記

齊藤 洋

外出回家，我房間的電話「叮鈴鈴、叮鈴鈴」的響個不停。不知道是誰在我家門口放了一疊雜亂的紙，我衝進房間接電話時，差一點被絆倒。

「喂，你看過了嗎？」電話中傳來我朋友的聲音。

「看什麼？」

「我放在你家門口的東西呀！」

原來我不在家的時候，是我朋友把那堆紙放在門口。

「如果你還沒有看，那就明天之前看完。」

說完，他就掛了電話。

打開一看，發現是一份用大小不一的字寫在紙上的稿子，那些紙也參差不齊，有的字是寫在夾報廣告紙的背面，有的是從筆記本上撕下來的紙，有些是百貨公司的包裝紙。沒錯，這一疊紙就是這本書的稿子。

翌日早晨，朋友再度打電話給我。聽朋友說，他在某個因緣際會下，拿到這份貓的自傳，希望我找一家出版社，出版這本書。我叫他自己去找，他回答說：

「開什麼玩笑？如果我告訴別人，是貓寫的書，人家會以為我是神精病。」

「別人也會以為我是神精病啊……」

「那你可以假裝是你寫的。總之，我很忙，這件事就交給你了。」

然後，他就掛了電話。

我想了很久，最後，我把稿子重新謄寫後，幫這本還沒有書名的書取名為《魯道夫與可多樂》，並報名了講談社兒童文學新人獎。

當然，我隱瞞了作者是貓這件事，沒想到很幸運的得獎了。

我覺得這件事遲早會曝光，趕緊向講談社的編輯坦承：

「其實，這本書是貓寫的……」

編輯回答說：

「這不重要，我們會出版這本書。」

也許他們以為我在開玩笑。因為，哪個正常人會相信貓會寫小說這種事呢？

樂讀456 097
黑貓魯道夫❶
魯道夫與可多樂

文｜齊藤 洋
圖｜杉浦範茂
譯｜王蘊潔

責任編輯｜黃雅妮、李寧紜
特約編輯｜劉握瑜
封面及版型設計｜李潔、林子晴
電腦排版｜中原造像股份有限公司
行銷企劃｜陳佩宜、林思妤

天下雜誌群創辦人｜殷允芃
董事長兼執行長｜何琦瑜
媒體暨產品事業群
總經理｜游玉雪
副總經理｜林彥傑
總編輯｜林欣靜
行銷總監｜林育菁
主編｜李幼婷
版權主任｜何晨瑋、黃微真

出版者｜親子天下股份有限公司
地址｜台北市104建國北路一段96號4樓
電話｜(02)2509-2800 傳真｜(02)2509-2462
網址｜www.parenting.com.tw
讀者服務專線｜(02)2662-0332 週一～週五：09:00~17:30
傳真｜(02)2662-6048 客服信箱｜parenting@cw.com.tw
法律顧問｜台英國際商務法律事務所．羅明通律師
製版印刷｜中原造像股份有限公司
總經銷｜大和圖書有限公司 電話：(02)8990-2588

出版日期｜2012年4月第一版第一次印行
2023年8月第二版第一次印行
定 價｜350元
書 號｜BKKCJ097P
ISBN｜978-626-305-503-2(平裝)

訂購服務
親子天下Shopping｜shopping.parenting.com.tw
海外．大量訂購｜parenting@cw.com.tw
書香花園｜台北市建國北路二段6巷11號 電話(02)2506-1635
劃撥帳號｜50331356 親子天下股份有限公司

國家圖書館出版品預行編目資料

黑貓魯道夫.1,魯道夫與可多樂/齊藤洋文;杉浦範茂圖;王蘊潔譯.--第二版.--臺北市:親子天下股份有限公司,2023.08
304面;14.8×21公分.--(樂讀456;97)
譯自:ルドルフとイッパイアッテナ
ISBN 978-626-305-503-2(平裝)
861.596 112008060

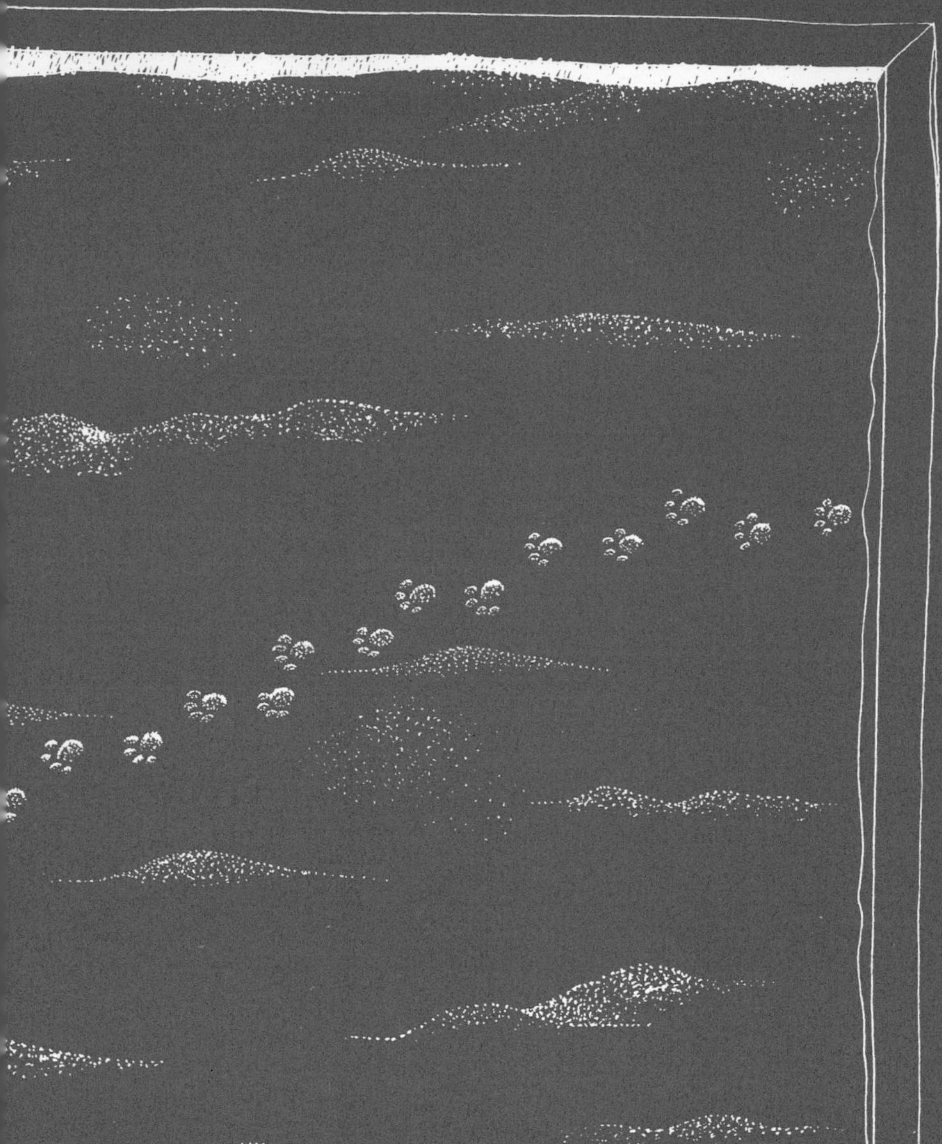

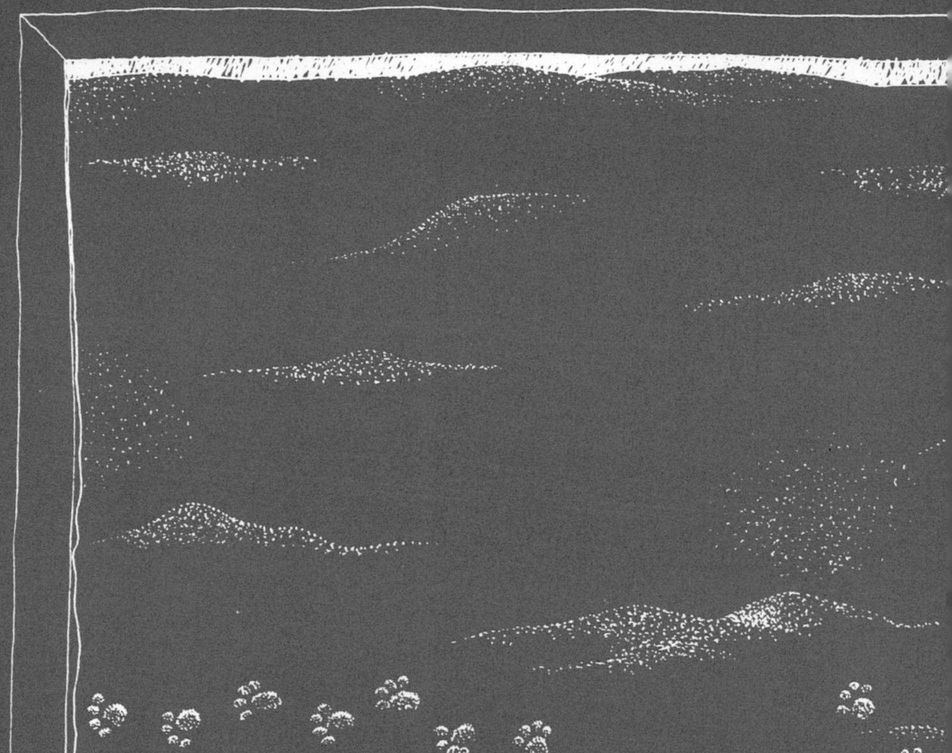

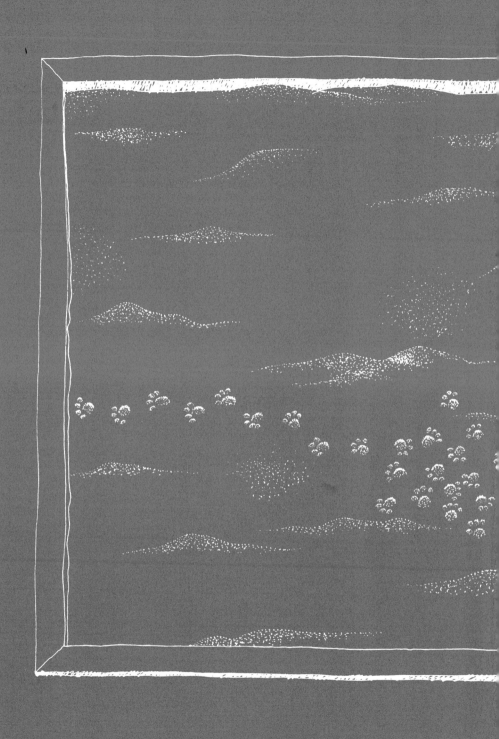